LA
LETTRE DU PAPE

ET

L'ITALIE OFFICIELLE

« ... Uno stato di cose nel quale il Romano Pontefice
non debba essere soggetto a nessuno, ed abbia a godere
di una piena e non illusoria libertà... »

(*Lettre* de Léon XIII au Cardinal secrétaire d'État.)

Libertà va cercando, ch' è si cara...

(*Purgat.*, C. I, V, 71.)

PARIS

LIBRAIRIE ACADÉMIQUE DIDIER

PERRIN ET Cⁱᵉ, LIBRAIRES-ÉDITEURS

35, QUAI DES GRANDS-AUGUSTINS, 35

ROME. — BOCCA FRÈRES, ÉDITEURS

L'HYDROPATHIE

TRAITEMENT RATIONEL

PAR

LA SUEUR, L'EAU FROIDE, LE RÉGIME
ET L'EXERCICE.

Mémoire reproduisant les matières contenues dans un rapport présenté sur sa demande à M. le ministre du commerce ayant dans ses attributions les établissemens sanitaires.

Quod vidi, quod sentii.
Ce que j'ai éprouvé, ce que j'ai vu.

Par le Dr BALDOU.
Membre du cercle médical de Montpellier.

Prix : 2 fr. 50 cent.

PARIS.

G.-BAILLIÈRE, LIBRAIRE,
r. de l'École-de-Médecine, 17.

DANTU, LIBRAIRE,
Palais-Royal.

CHEZ L'AUTEUR, RUE DE LA VICTOIRE, 36.

LEIPSICK.
BROCKHAUS ET AVENARIUS, LIBRAIRES.

1841.

AVANT-PROPOS.

—ఄ—

Ce travail que j'offre au public est le résultat
d'un séjour de plus de quatre mois à Grœfemberg et dans les autres principaux établissemens hydropathiques qui existent en Allemagne.

Avant de commencer l'exposition de mon
sujet, il ne sera pas inutile de faire connaître
au lecteur les soins et les précautions que j'ai
employés pour arriver à une appréciation juste
et impartiale de l'objet de mes études ; je ne
puis mieux faire qu'en transcrivant ici la lettre que j'ai écrite à M. le ministre du commerce
qui a, dans ses attributions, les établissemens
sanitaires, et qui m'avait demandé avant mon
départ de lui faire connaître le résultat de mes
recherches.

« MONSIEUR LE MINISTRE,

« ..... Pour arriver à une appréciation plus
juste et plus impartiale de l'objet de mes études, je n'ai négligé aucune des précautions
qui m'ont parues nécessaires, desireux que
j'étais de mériter par mes efforts la confiance
de M. le ministre.

» Au commencement de mes recherches,

j'ai cru devoir laisser de côté tous les ouvrages écrits sur la matière, et tâcher d'oublier ceux que j'avais déjà lus , afin que mon esprit, tout-à-fait libre d'influences étrangères, pût se laisser aller à la seule impression des faits.

» J'ai pensé aussi qu'avant d'étudier l'application du traitement sur les malades, je devais essayer sur moi-même chacun des agens qui composent la méthode. Puis en observant les malades en traitement, j'ai tâché surtout de bien apprécier le diagnostic et l'étiologie de leur maladie afin de mieux asseoir la valeur relative des effets thérapeutiques.

» Dans les observations que j'ai l'honneur d'offrir à M. le ministre , il n'en est pas une que je n'aie recueillie moi-même sur le malade. Je ne donne aucune d'elles que je n'ai vu le malade dans une ou plusieurs périodes du traitement ; et lorsque ce traitement a été trop long pour que le temps de mon séjour m'ait permis d'en observer les commencemens, je ne rapporte que ce que le malade m'a raconté. Jamais je ne m'en suis rapporté là-dessus aux médecins dirigeant les établissemens.

» J'ai questionné, j'ai poussé les malades de toutes les manières autant que le permettaient les bienséances. Je n'étais point dans un hospice, mon rôle d'observateur devenait très délicat ; aussi ce n'est qu'en vivant au milieu des malades , en me trouvant partout avec eux à table , aux bains , aux douches , à la promenade ; en les visitant dans leurs chambres pendant leur sueur, que j'ai pu souvent gagner leur confiance et me mettre ainsi au courant de l'histoire de leurs antécédens. Je dois dire aussi que ma qualité de Français m'a bien servi dans plusieurs circonstances.

» J'ai échoué quelquefois devant la répugnance des malades : cette cause expliquera comment j'ai pu donner seulement quelques observations de maladies de femmes. On sent qu'entre elles et moi il y avait une barrière presque infranchissable : les dames n'aiment pas à avoir deux confesseurs.

» A Grœfemberg surtout on trouve beaucoup d'aristocratie ; les princes et princesses ont chacun leur cour de marquis, comtes et barons. Le rang était encore là un obstacle qui m'a souvent arrêté.

» Souvent j'ai dû abandonner à regret une observation à moitié faite et qui eût été très intéressante , mais il me manquait des détails nécessaires pour la compléter et la rendre digne de cette précision que l'on trouve si souvent aujourd'hui dans les études médicales, et que l'on exige surtout en France.

» Tout en conservant mon indépendance d'observateur, j'ai cru pouvoir m'éclairer de l'opinion et de l'expérience des médecins qui se trouvaient à Grœfemberg en même temps que moi ; nous étions au nombre de neuf, Polonais, Autrichiens, Prussiens, Belges et Français, et soit dit en passant, aucun de nous ne niait les bons résultats de la méthode que nous étudions.

» J'ai recueilli aussi avec soin les avis des médecins dirigeant les établissemens que j'ai visités et dans lesquels j'ai trouvé quelquefois d'heureuses modifications au traitement.

» J'ai voulu aussi offrir à M. le ministre une pièce importante. Il s'agit d'un rapport fait au gouvernement autrichien ; par M. le baron de Turkeim, médecin et conseiller aulique.

» Le gouvernement autrichien voulant s'assurer de ce qu'il y avait de positif dans tout ce qu'on disait de Priestnitz et de son traitement, envoya sur les lieux ce médecin connu par son instruction et sa science, afin qu'il fît un rapport sur ce qu'il aurait vu. Et c'est d'après ce rapport que Grœfemberg a été admis au rang des bains privilégiés de l'empire.

» Il m'eût été très important d'avoir ou une copie ou un extrait de ce rapport, je n'ai rien négligé pour obtenir l'un ou l'autre.

» M. le baron de Turkeim et M. le comte de Saint-Aulaire, ambassadeur de France à Vienne, étant tous deux absens lorsque je passai dans cette ville, je m'adressai à M. le chancelier de l'ambassade française à qui je remis ma demande à M. de Turkeim, et qui me promit que M. l'ambassadeur voudrait bien l'appuyer, puisque le gouvernement français daignait protéger mes recherches d'une manière spéciale.

» Depuis lors, j'ai écrit deux fois à Vienne pour cet objet, une fois par l'intermédiaire du ministère des affaires étrangères, mais je n'ai reçu aucune réponse; je me vois ainsi privé de pouvoir étayer mes opinions de celles d'un homme considérable sous tous les rapports.

» Telles sont en général les précautions et les soins que j'ai employés pour pouvoir porter un jugement dépourvu de préventions et de partialité.....

TRAITEMENT HYDROPATIQUE.

Quod vidi, quod sentii.

Le traitement dont je vais faire le tableau consiste dans l'application de divers agens thérapeutiques. L'association et la combinaison de ces agens constituent la méthode hydropathique (1). Cette méthode n'est pas aussi simple qu'on a paru le dire. La plupart des nombreux auteurs qui ont écrit sur ce sujet, semblent avoir tenu exclusivement compte de l'un de ces agens, de l'eau froide, ils ont beaucoup trop méconnu l'importance de celui que je placerai au contraire en première ligne : je veux parler de la sueur.

Ce que je viens de dire est prouvé par les dénominations généralement adoptées : *traitement par l'eau froide, hydropathie.*

Avant d'étudier l'application d'un traitement aux diverses maladies, il est indispensable de connaître

(1) Je conserve le mot hydropathique, bien qu'il ne soit pas scientifique, par la seule raison que cette expression est adoptée et par conséquent sanctionnée par le public.

les agens qui composent ce traitement. C'est donc par l'analyse de chacun d'eux que je vais commencer.

CHAPITRE PREMIER.

Les élémens ou agens dont se compose le traitement hydropathique sont :

1° La sueur ;

2° L'eau froide à l'intérieur et à l'extérieur ;

3° Le régime diététique ;

4° L'exercice.

1° *De la sueur.*

La sueur est pour Priestnitz et ses imitateurs un agent très puissant, qui dans la plupart des cas sert de pivot et de base au traitement.

Priestnitz, sans autre maître, sans autre guide que la nature, se conduit, dans bien des cas, comme le faisaient les anciens et nombreux partisans de l'humorisme ; du reste, il ne tient exclusivement à aucune doctrine, et proteste dans toutes les occasions contre ceux qui l'ont présenté comme tel ; il se défend même d'avoir aucun système. Comment, dit-il en s'adressant aux médecins, comment pouvez-vous fonder des méthodes, bâtir des systèmes sur des faits qui varient dans chaque individu ? Ce n'est pas le lieu d'examiner jusqu'à quel point il manque de lo-

gique; il ne voit pas que dans les sciences comme
en philosophie, poser un point de doctrine, faire une
classification, c'est réunir un certain nombre de
faits par leurs points d'analogie et de ressemblance,
tout en tenant compte, pour chacun d'eux, des
dissemblances et des caractères qui l'individuali-
sent (1).

Priestnitz, tout occupé de soigner ses nombreux
malades et d'étudier les phénomènes qui se passent
chez chacun d'eux, n'a pas le loisir de laisser son
esprit se replier sur lui-même, et se livrer à cette
étude introspective par laquelle nous pouvons nous
rendre compte des opérations de notre intelligence.
Je suis convaincu que s'il le faisait, il se trouverait
souvent en flagrant-délit d'opposition avec ses propres paroles que j'ai rapportées plus haut.

En l'observant dans sa pratique, on le surprend
bientôt faisant à son insu des classifications diverses. Ainsi, dans la plupart des maladies qu'il
traite, voit-il des humeurs à éliminer du corps.
Telles sont la goutte, les rhumatismes, les exanthèmes, la syphilis primitive et consécutive, les maladies
mercurielles, certaines paralysies, etc., et contre ces
maladies le traitement est-il à peu près le même, ne

(1) D'ailleurs M. Bouillaud n'a-t-il pas dit avec raison
dans une séance de l'Académie : *La théorie est une suite
nécessaire des faits, et tout homme qui a vu des faits doit
avoir une théorie plus ou moins bien déduite.*

variant que d'après l'état des forces de l'individu et la gravité du mal (1).

Je ferai une autre classe des maladies contre lesquelles il n'emploie pas la sueur : ce sont les névroses ; l'atonie générale de l'organisme après des excès ou à la suite d'une maladie grave ; le défaut d'équilibre dans les divers systèmes; en un mot, toutes les maladies qui (toujours d'après lui) ne reconnaissent pas pour cause la présence d'humeurs à éliminer.

Tous les malades ne suent pas de la même manière : cela tient, comme je l'ai déjà dit, à la constitution du malade et au genre de la maladie.

Voici comment la sueur est provoquée dans la généralité des cas : le malade se couche sur une couverture de laine étendue sur son lit; les côtés de la couverture sont relevés et repliés sous son corps; la partie qui dépasse les pieds est ramenée vers le haut des jambes et repliée autour d'elles. Cette enveloppe doit serrer le corps assez fortement pour empêcher que l'air ne pénètre, mais pas assez pour que la respiration soit gênée. Si une couverture ne suffit pas, on en ajoute d'autres. La tête est entourée d'une serviette.

Quelques malades trop irritables ne peuvent pas supporter le contact immédiat de la laine. Le malaise, l'irritation trop forte qui en résultent pour eux, empêchent complétement la sueur, et mettent leur système nerveux dans un état d'exaltation

(1) C'est surtout contre les maladies de cette première classe que les sueurs sont ordonnées.

dangereuse; dans ce cas, on les enveloppe dans un drap mouillé et fortement exprimé ; puis dans les couvertures.

Tous les malades, surtout les plus nerveux, m'ont assuré que la première minute passée ils sentaient bientôt une douce chaleur suivie d'un calme et d'une béatitude qu'ils n'avaient éprouvés dans aucune autre circonstance. La sueur, par ce moyen, vient très vite et très abondante. Les pores de la peau se trouvent dilatés par l'humidité du drap, et celui-ci est bientôt réchauffé par la chaleur du corps.

L'enveloppe de la tête est toujours plus légère que celle du reste du corps, afin de prévenir les congestions vers cet organe ; d'autres fois elle est découverte, ou bien encore on met dessus des fomentations froides, et toujours dans le même but.

La durée de la sueur varie suivant les malades, et aussi suivant l'état de l'atmosphère : il existe divers moyens de l'accélérer.

2° *De l'eau froide à l'intérieur et à l'extérieur.*

L'eau froide est de tous les agens, dont se compose la thérapeutique de Priestnitz, celui dont l'application est le plus variée. Qui ne sait à combien d'usages cet élément est déjà employé en médecine, et cette multitude d'emplois divers ne prouve-t-elle pas combien est grande et étendue la ressource qu'il peut offrir à notre art lorsqu'il est manié avec habileté ?

Certes, on comprend aussi que plus cet élément est d'un usage facile et commode, plus ses applications doivent s'étendre de jour en jour dans la thérapeutique comme dans l'industrie. Je ne suis donc pas étonné que Priestnitz ait su retirer de l'eau froide des effets nouveaux ou jusqu'ici peu connus, mais je n'en dois pas moins lui rendre justice, comme on doit le faire à tout homme qui fait progresser la science, si minime que soit ce progrès.

L'eau doit être fraîche et claire : peu importe la nature du terrain qu'elle traverse, pourvu qu'en la traversant elle ne se charge pas de sels étrangers à sa composition ordinaire. Il est important que son degré de température soit bas, sans être pourtant trop glacial. A Grœfemberg, où la température de l'eau est très basse vers le mois de septembre, à cause des neiges qui couvrent les montagnes, j'ai vu beaucoup de malades qui ne pouvaient pas réagir et qui gardaient froid une grande partie de la journée, ce qui est tout-à-fait contraire au traitement, comme je le démontrerai plus loin. Il est difficile d'évaluer le degré moyen, qui est le plus convenable. Je pense que ce degré doit varier selon les pays et selon les climats. Les habitans des régions septentrionales, habitués aux frimas de leur pays, peuvent probablement supporter un degré plus bas de température de l'eau que les habitans du midi. Cette idée m'a été suggérée par les observations que j'ai pu faire sur la manière différente dont les malades des divers pays

supportent le froid si piquant des eaux de Grœfemberg. L'eau est employée à l'intérieur, soit en boissons soit en lavemens.

Les malades boivent de douze à trente et quarante
verres d'eau par jour. La quantité ne doit jamais in-
commoder l'estomac. L'action de cette eau, portée à
l'intérieur, consiste à dissoudre, délayer les humeurs, pour les disposer ainsi à pouvoir être plus
facilement éliminées. L'usage de l'eau en lavemens
est d'une utilité plus locale ; elle tonifie les intestins,
et combat certaines constipations opiniâtres.

L'eau, à l'extérieur, s'emploie en bains généraux
et locaux, lotions, aspersions, douches. Tantôt elle
agit par une action mécanique, par exemple, les
douches ; tantôt par le froid dont elle est le véhicule,
bains, lotions, etc.

Lorsqu'elle agit par le moyen du froid, elle a sur
l'organisme deux effets bien différens, et qu'il ne faut
jamais confondre, surtout dans le traitement hydropathique qui les met souvent l'un et l'autre en usage,
et qui les oppose quelquefois l'un à l'autre.

Le premier effet, *effet primitif* du froid, est d'arrêter la circulation du sang dans la partie sur laquelle il est appliqué, soit en contractant les vaisseaux
capillaires, soit en arrêtant l'influx nerveux.

Le second effet, *effet consécutif*, qui a lieu seulement après que l'effet primitif a cessé, et qu'on appelle réaction, consiste dans l'abord d'une quantité
de sang plus considérable que celle qui s'y trouvait

avant l'application du froid. L'intensité du second effet est en raison directe de l'intensité du premier; mais il existe un point où, celui-ci étant parvenu, l'effet consécutif n'a plus lieu.

Un exemple fera mieux comprendre ceci :

Lorsque nos mains sont en contact avec la neige, elles se décolorent et se raidissent; mais aussitôt qu'on les soustrait à cette action du froid, elles deviennent d'un rouge écarlate, une chaleur très vive s'y fait sentir, la turgescence sanguine y est évidente. Si le contact de la neige est trop prolongé, les mains se gèlent, et toute réaction est impossible.

Bains entiers. — Tous les malades prennent un bain entier en sortant de la couverture; ils se plongent dans l'eau tout couverts de sueur. Le but de ce bain est de rendre à la peau sa force et sa tonicité, que la grande transpiration ne peut que lui enlever: il prévient ainsi le danger du contact d'un air froid, les pores de la peau étant encore dilatés. Sa durée varie d'une à cinq minutes.

Je prévois ici que bien des personnes, surtout des médecins, ne pourront croire que ce passage subit d'un état de sueur abondante au contact de l'eau froide puisse se faire sans dangers.

C'est là une idée erronée qui domine dans le public français; moi-même je la partageais, avant de connaître les bains russes.

Il y a ici une distinction à faire. Si la sueur est provoquée par un exercice violent, si la respiration

et la circulation ont encore un mouvement accé-
léré, il est dangereux de se mettre en contact avec
l'eau froide ; mais on peut le faire sans danger, lorsque ces deux systèmes sont calmes et reposés. Douze
cents bains pris impunément tous les jours à Grœfemberg, donnent raison à cette théorie, et l'on ne peut
nier qu'il arrive souvent que des personnes qui ont
fait un exercice un peu violent se jetant à l'eau soit
volontairement, soit par accident, se trouvent affectées de maladies souvent mortelles.

Bains de siége. — Les bains de siége sont souvent prescrits dans les maladies de l'abdomen, telles
que l'inflammation chronique ou l'atonie de l'un des
viscères contenus dans cette cavité, la faiblesse des
organes génitaux, etc. On l'emploie aussi pour prévenir et guérir les congestions sanguines de la tête.
Ici se trouve déjà l'application des deux effets dis-
tincts de l'eau froide.

L'effet primitif du bain de siége froid est de chasser le sang des parties qui sont en contact avec l'eau,
c'est-à-dire des parties inférieures du tronc. Le sang
reflue vers les parties supérieures, et surtout vers la
tête dans le cas où il existe déjà une disposition aux
congestions vers cet organe ; dans ce cas, on la couvre d'un linge mouillé. Cette fomentation, bien que
ne pouvant pas balancer entièrement l'effet primitif
du bain, lui enlève pourtant sa gravité ; et son effet
secondaire étant presque nul, ne peut point diminuer
l'énergie de l'effet secondaire du bain. En effet, aussi-

tôt que le malade sort de l'eau , le sang afflue avec tant de violence vers les parties du corps qui étaient en contact avec elle , que la turgescence sanguine vers ces parties est manifeste.

On conçoit que cette avulsion et cette révulsion souvent répétées, doivent donner à ces organes une plus grande tonicité et une vitalité plus énergique.

L'application de ces fomentations sur la tête est une précaution importante et indispensable pour certains malades , dans plusieurs circonstances du traitement. Je ne puis m'empêcher de reprocher à Priestnitz de manquer trop souvent, en pareille occasion, à sa prudence ordinaire, tandis que dans d'autres établissemens on ne néglige pas ce soin. Aussi, n'est-ce qu'à Grœfemberg que j'ai vu des malades se plaindre de maux de tête.

Chacune des parties du corps ne peut être soumise à l'usage des bains locaux, lorsqu'elle est affectée d'un mal local qui les réclame.

Draps et compresses mouillés et exprimés. — J'ai déjà parlé de draps mouillés et exprimés, dans lesquels on fait suer les malades qui ne peuvent pas supporter le contact de la laine.

Ce drap est encore employé , dans un but anti-phlogistique , pour calmer et vaincre la fièvre. Il arrive très souvent que des accès de goutte ou de rhumatisme, des crises provoquées par le traitement s'accompagnent d'une fièvre très violente. Voici comment on agit dans ces circonstances :

On enveloppe le malade dans un drap mouillé et exprimé, que l'on recouvre de couvertures de laine, et que l'on renouvelle aussitôt qu'il s'est réchauffé au contact du corps : un quart-d'heure au plus suffit pour cela. On répète cette opération jusqu'à ce que la fièvre ait cessé.

J'ai assisté plusieurs fois à ces sortes de manipulations, et je dois avouer que le succès ne s'est jamais fait attendre plus d'une heure et demie. Une fois, quatre changemens de drap ont suffi. Ordinairement le malade reste dans le dernier drap, dans lequel il sue, pendant une heure, après quoi il prend un bain à douze degrés. Je donnerai quelques-unes de ces observations. Priestnitz remplace le drap par des frictions faites avec la main trempée dans l'eau fraîche, dans les cas ou la fièvre s'accompagne de prolapsus.

Tout baigneur ayant un organe particulièrement affecté, doit porter sur cette partie un linge ainsi arrangé : on fait une compresse assez large pour couvrir la partie malade, et assez longue pour faire deux fois le tour du corps ou des membres, selon le siége du mal. L'une des extrémités de cette compresse est mouillée et exprimée, pour être appliquée immédiatement sur la partie malade ; l'autre partie de la compresse reste sèche, et faisant le tour soit du corps, soit de la jambe ou du bras, recouvre entièrement la première ; elle est assez serrée pour empêcher que l'air ne s'introduise entre la bande et le corps (1). L'effet de cette compresse est d'attirer à elle, et d'absorber les humeurs qui sont dans la partie qu'elle recouvre. Nous verrons, par des observations, que les éruptions sont toujours plus nombreuses sous les compresses que sur les autres parties de la surface cutanée ; mais il est facile de prouver leur vertu absorbante, alors même qu'elles n'occasionnent pas d'éruptions. Voici ce que j'ai fait pour cela :

— J'ai pris une compresse qui avait servi seulement pendant douze heures, je l'ai lavée à plusieurs reprises dans une eau bien claire ; bientôt celle-ci est devenue noire, épaisse et visqueuse. J'ai répété souvent cette expérience sur le linge ayant servi à divers malades, et toujours l'eau a été plus ou moins chargée. Une fois, entre autres, j'ai fait évaporer au bain-marie l'eau dans laquelle j'avais lavé une compresse qui avait enveloppé, pendant une nuit, le bras d'un malade rhumatisant. Le résidu qui se trouva au fond du vase était une sorte de crasse répandant l'odeur de matière animale brûlée, lorsqu'elle était jetée sur des charbons. Ce résidu pesait au moins 22 grammes. Il est vrai que le malade se trouvait alors dans une crise, ce qui, probablement, a augmenté la quantité des matières éliminées.

Douches. — Tout le monde connaît les effets de la douche : elle s'associe avec le reste du traitement

(1) Il faut avoir soin de mouiller la compresse dès qu'on sent qu'elle est sèche.

par son action tonique et par l'irritation qu'elle donne
à la peau. Mais son action ne se borne pas là. Lorsqu'on la laisse tomber perpendiculairement sur un
organe, les parties les plus profondes éprouvent une
sorte de retentissement et de commotion qui sont
d'autant plus violens que la colonne liquide est plus
volumineuse et qu'elle tombe de plus haut. Les personnes sujettes aux douleurs savent aussi que la
douche réveille les douleurs anciennes. Cet effet
s'explique aisément.

J'ai vu dans quelques établissemens une sorte de
bain que les Allemands nomment *wellenbad* (bain à
ondes). Il consiste dans un espace de cinq pieds en
tous sens, contenant un demi pied d'eau. Sur l'une
des parois de cette sorte de cuve, on a ménagé une
trape laissant couler une nappe d'eau d'un pied de
largeur à peu près. Il y a deux pieds de distance entre la trape et le niveau de l'eau contenue dans la cuve.

Je trouvai d'abord superflue cette surabondance de
moyens à peu près les mêmes. Mais je vis bientôt que les
malades établissaient entr'eux une grande différence.
Ceux qui ne pouvaient pas supporter l'action trop
excitante de la douche se trouvaient très bien de ce
bain. D'autres, qui portaient des tumeurs ou des en-
gorgemens, qui souffraient encore de leurs exostoses,
n'auraient pu se soumettre à la chute d'une douche
de six pieds de hauteur, tandis que celle de cette
nappe d'eau n'occasionnait aucune douleur.

Il y a encore le *staubad*, ou bain de poussière.

Voici ce que c'est : un long tube de métal forme une grande ellipse ; il est percé sur sa face concave d'une multitude de petits trous d'où s'échappent autant de petits jets d'eau convergeant horizontalement vers l'axe de l'ellipse. A la partie supérieure de l'axe se trouve une pomme d'arrosoir. Le malade se place au centre de l'ellipse sous l'arrosoir et reçoit l'eau sur toutes les parties du corps.

Les malades affectés d'irritations et de douleurs nerveuses se louent particulièrement de l'effet de ce bain.

On ne doit jamais faire usage de l'eau froide avant que la digestion soit achevée.

Priestnitz modifie souvent la température de l'eau. Les personnes faibles commencent toujours par se servir de l'eau à 15 degrés environ , et quelques-unes en continuent l'usage pendant longtemps.

3° *Le régime diététique.*

La règle diététique est assez large puisqu'elle consiste à manger autant que l'appétit le demande.

C'est là ce que veut dire Priestnitz lorsqu'il répond à ces malades qui l'interrogent là dessus : *Mangez, mangez, plus vous mangerez, plus vous aurez de force pour guérir.*

Il faudrait qu'il fût tout à fait dépourvu de bon sens si ces paroles signifiaient qu'il faut manger plus que les besoins de l'estomac et ses forces ne le demandent. Pourquoi y aurait-il chez lui une table de diète? Cela serait en contradiction avec ses paroles. Quoi qu'il en soit , beaucoup de malades , non seulement à Grœfemberg, mais aussi dans la plupart des autres établissemens, s'imaginent que plus ils mangeront, plus vite ils guériront ; de là est née cette manie de manger énormément, manie qui est généralement répandue parmi les baigneurs, et qui n'est certainement pas, pour beaucoup d'entre eux, sans de grands inconvéniens. Je le prouverai par des observations.

Les repas sont ainsi divisés dans la journée : à huit heures , le déjeuner , ainsi composé : pain noir , beurre frais , lait; dîner à une heure : soupe, bouilli, légumes , ragoût ou rôti de veau ou de volaille , un plat farineux ; souper à sept heures : même composition que le déjeuner, quelquefois en sus, des fruits cuits ou des pommes de terre en robe de chambre. La cuisine de Grœfemberg est détestable. Après les Allemands, les seuls étrangers qui m'aient paru s'en contenter sont les Polonais et les Russes. Quant à moi , je sais que plusieurs fois je n'ai pu satisfaire mon appétit, et je défie tout Français de pouvoir y faire plus de deux bons repas par semaine.

On trouve à Grœfenberg une table de diète où le dîner et le souper sont servis différemment. Les alimens, quoique copieux, y sont plus légers. Je n'aurais pas manqué d'y prendre place si j'avais été malade.

L'usage des fruits est permis, les malades doivent

les acheter. A Grœfenberg, on use de la permission autant que le permet la pauvreté du pays ; mais on en abuse largement dans quelques autres établissemens, et je ne puis croire que manger des fruits tout le long du jour soit sans inconvénient pour des malades.

4° *De l'exercice.*

L'exercice est encore une partie essentielle du traitement, aussi celui-ci est-il plus long pour les personnes qui ne peuvent pas marcher.

L'exercice doit suivre immédiatement tout emploi de l'eau froide à l'extérieur, afin d'aider à la réaction et d'empêcher tout refroidissement.

Tels sont les divers agens du traitement hydropathique ; combiner, varier ces divers agens selon le tempérament du malade, la nature de son affection, selon son état de chaque jour, c'est en quoi consiste la méthode de Priestnitz.

Cet homme dont la destinée devait être si brillante, et qui se tient dans la haute position que la fortune lui a faite, avec une modestie si rare, cet homme, dis-je, a été doué par la nature d'un coup d'œil prompt, d'une perspicacité vive, d'un jugement sain et d'une persévérance tenace. Il a pu, les circonstances aidant et sans plus de connaissances préliminaires qu'il s'en trouve dans le public, appliquer de si précieuses et de si rares facultés à l'étude directe de la nature humaine et de ses infirmités, sans être influencé par des théories et des doctrines scolastiques. Ne pouvant employer, pour guérir les maladies, que les agens que la nature mettait sous sa main, il a acquis dans le maniement de ces armes thérapeutiques (qu'on me passe cette expression) une grande expérience et une grande habileté.

On voit facilement qu'il n'y a rien de merveilleux dans la destinée de cet homme, qui fut un simple paysan, et dont la réputation attire aujourd'hui des malades de toutes les parties du monde.

Priestnitz a une confiance excessive dans ses agens thérapeutiques, confiance qui lui fait repousser tous les autres moyens de guérir que nous employons ordinairement. Je ne m'occuperai point à faire ressortir tout ce qu'il y a d'erroné dans une pareille prétention ; je dirai seulement que ce qui m'étonne c'est de voir que des médecins aient pu la soutenir dans leurs écrits.

Hâtons-nous de dire que tous les médecins qui dirigent des établissemens hydropathiques ne partagent pas cette erreur. J'ai vu l'un d'eux appliquer la saignée contre une pneumonie très grave.

CHAPITRE II.

Avant d'étudier l'application des agens que je viens d'analyser, au traitement des maladies, il sera avantageux de montrer leurs effets sur l'homme sain. Je vais donc décrire les expériences que j'ai faites sur moi-même.

Deux jours après mon arrivée à l'établissement de Boppard, on est venu, à cinq heures du matin, m'emmailloter dans mes couvertures de manière à ce que l'air ne pût pénétrer entre elles et moi. Je transpire facilement, et, au bout d'un quart d'heure, j'étais en sueur. Comme on ne desirait autre chose que condenser chez moi une quantité de calorique suffisante pour pouvoir me soumettre à une affusion froide, on m'a débarrassé de mes maillots et placé dans une baignoire. On a jeté sur moi, en plusieurs temps, la valeur d'un sceau d'eau. L'effet que j'ai éprouvé a été très violent : le sang, chassé de la périphérie du corps par le contact de l'eau froide, a été refoulé vivement vers les centres, surtout vers les poumons ; ce qui m'a occasionné une gêne très grande de la respiration. Cet effet n'a duré qu'un moment. Après m'avoir essuyé avec soin, on m'a recommandé de faire de l'exercice, comme il est essentiel d'en faire après tout emploi de l'eau froide, afin de soutenir la réaction. En m'habillant j'ai senti une forte chaleur à la peau, une facilité, une souplesse et une énergie dans le jeu de tous mes organes, telles que je n'en avais jamais éprouvé.

J'avais à écrire, j'ai voulu le faire avant de sortir; la réaction ne s'est pas soutenue; j'ai senti du froid et du malaise. Pour réparer mon imprudence, je me suis hâté d'aller courir, et, après avoir gravi une montagne, la chaleur et la transpiration se sont rétablies.

J'ai compris par cette petite mésaventure l'importance de suivre exactement les conseils que l'on me donnait, et je me suis tenu pour averti.

Ces affusions, comme on le voit, seraient dangereuses pour les personnes dont les organes toraciques sont faibles ou atteints de lésions organiques.

Le même jour, à six heures du soir, j'ai pris une douche.

Le troisième jour, on m'a emmaillotté dans une couverture de laine; au bout de dix minutes, j'étais en sueur : on m'a donné à boire de l'eau fraîche, et l'on a ouvert les croisées de ma chambre, ce qui m'a soulagé du malaise inséparable d'une pareille position, sans pourtant arrêter la sueur. J'ai bu quatre verres d'eau dans l'espace d'une demi-heure, et à chacun d'eux la sueur n'a fait qu'augmenter. Mon pouls n'a pas été sensiblement altéré, je n'ai pas senti de congestion à la tête.

La demi-heure écoulée, on m'a dégagé les jambes de la couverture, pour me permettre de me rendre au bain. Arrivé près de la cuve, je me suis mouillé la tête et l'épigastre, après quoi je me suis jeté dans l'eau. J'y suis resté seulement le temps de faire quatre ou cinq plongeons; le médecin qui présidait à cette opération m'ayant recommandé de plonger la tête pour éviter les congestions vers cet organe.

Je suis sorti de l'eau après environ deux minutes ayant la peau très rouge.

La réaction a été moins forte que la veille ; je l'ai soutenue par une promenade et m'en suis fort bien trouvé toute la journée.

Je dois avouer ici que ce n'est pas sans émotion que, tout couvert de sueur, je me suis plongé dans l'eau froide ; et pourtant j'avais la garantie de deux médecins, et, ce qui est mieux, l'exemple de cent malades. Mais, outre la ferme volonté de suivre le plan que je m'étais tracé, j'avais encore une autre raison pour ne pas reculer : c'était la crainte d'attirer contre moi les railleries que les malades n'avaient pas épargnées à un autre médecin français. Celui-ci qui appartenait à l'armée, et qui eût affronté, sans sourciller, les boulets et la mitraille ennemie, ne put jamais se déterminer à entrer dans l'eau ; et, après être resté quelques momens en suspend, sur le bord de la cuve, il ne craignit pas de battre en retraite ; tant est grande la force des préjugés.

Ce bain pris après la sueur, devient, après quelques jours, la partie la plus agréable du traitement, ce dont ne se douteraient certes pas les personnes qui n'en ont pas fait usage. Le corps saturé de calorique supporte, non seulement sans peine, mais avec plaisir, le contact de l'eau froide, qui rend à la peau la tonicité et les forces soustraites par une abondante transpiration. Les malades s'exposeraient même volontiers pour prolonger leur bain si les médecins ne veillaient à ce que leurs ordonnances ne soient pas dépassées.

Le soir du même jour, j'ai pris un *wellenbad*, ou bain à ondes. J'en ai trouvé l'effet assez agréable.

Le quatrième jour, à onze heures du matin, j'ai pris un *staubad*, ou bain de poussière. L'action de ce bain m'a paru peu agréable. Ces mille jets d'eau viennent frapper toute la surface cutanée comme autant de pointes d'aiguilles. Mais cette irritation est tout à fait bornée à cette membrane. Le choc de ces petites colonnes d'eau n'est pas assez fort pour être transmis à l'intérieur. La chaleur que j'ai éprouvée après le bain était à peu près nulle.

Je n'ai vu que les malades atteints d'affections nerveuses, telles qu'irritations ou spasmes, se louer de l'action de ces bains qui, pour eux, remplacent les douches beaucoup trop excitantes. Sans doute que le bien-être qu'ils éprouvent après ce bain est produit par une dérivation qui porte à la peau l'exaltation de leur système nerveux. Quoi qu'il en soit, j'affirme le fait et abandonne volontiers l'explication.

Le cinquième jour, me sentant un peu mal de tête, je n'ai rien fait espérant que ce malaise passerait.

Le sixième jour, le mal avait augmenté, mes yeux ne pouvaient supporter une vive lumière. On m'a ordonné un bain de siége froid de 25 minutes. Mon mal de tête n'a pas augmenté pendant que j'étais dans l'eau ; ce dont j'ai été étonné, car je n'avais pas mis dessus de compresse mouillée, et je m'attendais à ce que le sang se porterait vers cet organe. Quand je suis sorti du bain, la turgescence sanguine, vers le bassin et le bas ventre, était considérable ; la peau de ces parties était très rouge, mon mal de tête avait disparu presque entièrement, et mes yeux étaient complétement libres. Sans cet accident, je n'aurais jamais pu comprendre toute l'énergie et l'efficacité d'un bain de siége froid.

Le sixième jour, à cinq heures, on m'a enveloppé dans un drap mouillé et exprimé, qu'on a recouvert d'une couverture de laine et d'un lit de plume. La première impression occasionnée par le contact du drap a été un peu pénible ; mais bientôt, le drap étant à l'abri de l'air, et l'eau dont il était imbibé ne pouvant s'évaporer, la sensation de froid a été remplacée par une douce chaleur. Et cinq minutes ont suffi pour me trouver en pleine sueur. Le reste s'est passé comme d'habitude.

Le tempérament nerveux, ne dominant pas chez moi, je n'ai pas éprouvé de cette variété d'enveloppement le bon effet qu'en éprouvent tous ceux qui se trouvent dans ce cas. Je ne puis donc en apprécier toute l'importance que par les effets que j'ai observés sur les autres.

J'ai suivi rigoureusement le régime des malades, sans en être sensiblement dérangé, j'ai bu de l'eau modérément, et n'en ai éprouvé d'autre effet que de me délivrer d'une constipation à laquelle j'étais sujet depuis quelque temps. Aujourd'hui même, quand je

me sens constipé, j'ai recours à l'eau dont je bois à
jeun deux ou trois verres, et toujours avec succès ;
je recommande cet usage de l'eau aux personnes d'un
tempérament bilieux, qui sont ordinairement consti-
pées, elles n'auront jamais qu'à s'en louer.

CHAPITRE III.

Après avoir analysé tous les agens du traitement
hydropathique; après avoir apprécié les effets de chacun d'eux sur l'homme sain, nous allons étudier leur
application au traitement des maladies.

Et d'abord , ce traitement peut-il être appliqué à
toutes les maladies et les guérir toutes ?

Je ne serai certainement pas embarrassé pour répondre négativement à cette question ; mais je le serai pour juger les personnes qui n'ont pas craint d'y
répondre par l'affirmative.

Que ceux qui sont étrangers aux sciences de la
médecine et de la physiologie prônent ce traitement
à l'exclusion de tout autre lorsqu'après avoir essayé
vainement d'une foule de moyens curatifs, l'hydropathie seule les a remis en état de santé; je ne leur donnerai pas raison, mais du moins je les excuserai ; mais
que des médecins aient pu avancer une pareille ab-
surdité, et prétendre renouveler toute la médecine ,
c'est là , ce me semble , dévoiler toute la nullité ,
non seulement de leur science , mais encore de leur
jugement.

Si de semblables exagérations sont mal venues auprès du public français, aujourd'hui trop éclairé pour s'y laisser prendre, elles ne peuvent que prévenir les hommes de science et leur faire rejeter à la fois l'erreur et la vérité. Les médecins dont je parle ne connaissent ni Priestnitz ni sa méthode dont ils n'ont jamais vu celui-ci faire l'application, ils ont compromis et calomnié un homme qui a trop de jugement pour prétendre guérir toutes les maladies, et trop d'honnêteté pour se prévaloir d'une chose qu'il saurait, en conscience, n'être pas vraie. Ceci sera prouvé lorsque je ferai connaître les maladies que Priestnitz refuse de traiter.

Dépouillons donc le vrai du faux. Le premier ne pourra que gagner à cette épuration.

J'étudierai dans ce chapitre, au moyen d'observations recueillies par moi-même, l'application de la méthode au traitement des maladies chroniques. Je diviserai ces observations en séries d'après la nature des affections dont je parlerai.

Il sera question dans le quatrième chapitre de l'application de cette méthode au traitement de quelques maladies aiguës.

Toutes les personnes qui fréquentent les établissemens de bains en renom, ont dû être frappées de la grande variété d'affections que l'on y rencontre. Le médecin seul peut distinguer dans cette foule égrotante ces variétés de maladies que l'étrangeté de leurs symptômes nous empêche de pouvoir classer dans les

différentes familles pathologiques, que l'étude per-
sévérante des siècles a su éclairer de son flam-
beau.

Nulle part autant qu'à Grœfemberg je n'ai ren-
contré en si grande quantité cette sorte de malades. Ils s'y rendent de toutes les parties du monde,
car toutes les nations ont là leurs représentans.

Je ne prétends pas faire ce que d'autres n'ont pu
faire, élucider ce que de grands médecins n'ont pu expliquer; je suis donc forcé de réunir toutes ces maladies dans une classe, que j'appellerai classe des inconnues. Je ne chercherai point à les caractériser, il
faudrait faire le tableau de chacune d'elles, sans pouvoir établir des points de contact et d'analogie. Ce
travail serait ennuyeux et inutile.

Priestnitz lui-même ne se fait pas plus fort que
les autres. Il se reconnaît souvent en défaut; et je
crois que, malgré sa sagacité, sa pénétration natu-
relle et son expérience déjà acquise, ou plutôt en
raison de ses qualités, cela lui arriverait plus rare-
ment, s'il avait, pour l'éclairer, des études préliminaires.

On conçoit d'ailleurs que, pour Priestnitz, cette
incertitude est moins embarrassante que pour beaucoup de médecins systématiques de notre époque. Parti-
san de cette doctrine que dans le plus grand nombre des
cas, toute thérapeutique doit se borner à aider la nature
à se débarrasser des matières hétérogènes et vicieu-
ses qui nuisent à l'organisme, tous ses efforts sont

dirigés vers ce but; il attend que cette nature se déclare; et lorsqu'il survient quelques phénomènes, il
se conduit d'après leurs indications.

Dans la classe des personnes affectées de ces maladies obscures, ténébreuses, le plus grand nombre
guérit, une certaine quantité éprouve plus ou moins
de soulagement, quelques unes n'éprouvent aucun
heureux effet.

Ce sont les malades de ces deux premières caté-
gories qui ont fait la réputation de Priestnitz et de sa
méthode; on peut s'en assurer en lisant les nombreux
écrits qu'ils ont semés dans le public, en reconnais-
sance d'une guérison que plusieurs traitemens déjà
vainement tentés, ne leur permettaient plus d'espérer.

Voici maintenant les observations que j'ai pu re-
cueillir avec assez de détails pour pouvoir en faire
l'historique. Je les ai réunies par séries, dont chacune
se compose d'un même genre de maladies, où de
maladies unies par des rapports et des analogies.

J'aurais pu donner un bien plus grand nombre
d'observations si je n'avais voulu me renfermer stric-
tement dans les règles que je me suis imposées et
que j'ai fait connaître dans mes préliminaires.

PREMIÈRE SÉRIE. — *Syphilis constitutionnelle,*
maladie mercurielle.

M. H..., officier prussien, (30 ans, tempérament
sanguin, constitution vigoureuse), a eu plusieurs syphilis à différentes époques. A deux reprises il a eu

un chancre au pénis , un autre a occupé l'isthme du gosier. Il s'est toujours traité par le mercure; je n'ai pu savoir quelle espèce de préparation a été employée. Dans l'un de ces traitemens , ayant négligé, pendant quinze jours, de prendre ses pilules, et voulant réparer le temps perdu , il avala , en une seule fois , la dose qu'il aurait dû prendre pendant ces quinze jours. Une violente gastro—entérite fut la conséquence de cette imprudence.

Peu de temps après cette époque , M. H... commença à ressentir des douleurs dans les jambes. Ces douleurs augmentèrent en intensité et les tibias se gonflèrent. Cet état durait depuis deux ans malgré divers traitemens , lorsque le malade se soumit à l'hydropathie. Voici quel était alors son état :

Le tibia gauche est irrégulièrement gonflé dans toute sa longueur ; ce gonflement est très apparent ; il l'est un peu moins au tibia droit. Les douleurs sont très vives, surtout la nuit ; elles empêchent le sommeil.

Traitement. — A cinq heures du matin , enveloppement dans la couverture, sueur pendant une heure et demie ou deux heures; bain froid de cinq minutes, après la sueur.

A onze heures , une douche, elle doit être reçue sur tout le corps, excepté sur les jambes, tant que les douleurs persisteront , afin de ne pas les exaspérer ; les jambes doivent être couvertes de compresses mouillées et exprimées.

Pendant les quinze premiers jours, les sueurs très abondantes présentent une teinte brunâtre. Le linge à l'usage du malade, les compresses surtout se noircissent comme fait toujours le linge des malades soumis à un traitement mercuriel. Ces sueurs qui coulent sur le plancher après avoir traversé le lit sont recueillies par un des médecins dirigeant l'établissement et données à un chimiste de Coblentz, pour en faire l'analyse; j'ignore quel procédé on a employé, mais on n'a pas trouvé de mercure.

Dès le quinzième jour, de gros boutons et des furoncles commencent à paraître sur les jambes, mais en plus grand nombre sur la gauche, les douleurs se calment. Le malade ajoute à son traitement un wellenbad, prenant soin que l'eau tombe plus particulièrement sur les jambes.

Les boutons et les furoncles se succèdent sans interruption, et bientôt il y en a eu un si grand nombre sur les deux jambes dans l'espace compris entre le genou et le coude-pied, qu'il serait impossible d'en évaluer la quantité d'une manière même approximative.

Ces boutons ou furoncles parvenus à une certaine grosseur, se percent à leur sommet, se creusent dans leur centre, et le fond de la plaie se couvre d'une matière d'un gris jaunâtre, tout autour il existe un cercle d'un rouge foncé. Dans le cours du traitement, quelques furoncles paraissent sur les cuisses; deux ou

trois fort gros prennent leur siége à la région ingui-
nale gauche.

Au trente-deuxième jour du traitement, la place
où le malade avait eu son premier chancre, s'ulcère,
un véritable chancre se forme, mais sans douleur, au
bout de huit jours il est cicatrisé. Deux jours après
le second chancre se rouvre avec les mêmes caractères et dure la même période de temps. Cinq jours
après la cicatrisation de ce dernier, le gosier s'ulcère
à son tour, un chancre s'y forme absolument à la
même place qu'avait occupé l'ancien, me dit le malade. Il est situé à gauche de l'isthme du gosier et
présente le même aspect que les deux chancres de
la verge. Sa durée est de dix jours et il n'est pas encore tout-à-fait cicatrisé, qu'une petite tumeur
située sur le trajet du cordon testiculaire gauche,
deux lignes au-dessus de l'épididyme, et que le malade porte depuis longtemps, devient douloureuse
sans se gonfler d'une manière sensible; la douleur
disparaît au bout de six jours, et la tumeur diminue
de volume sans disparaître complètement.

Depuis le deuxième mois, quelques petits boutons
paraissent seulement de loin en loin. Le malade part
à la fin du troisième mois; depuis quinze jours il n'a
plus eu d'éruptions. Les tibias sont revenus à l'état
normal.

On remarquera dans cette observation, l'énergie de la force *exphorétique* ou éliminatrice de la
méthode hydropathique : au bout de quinze jours les

matières morbides déviées de leur direction anormale vers les os , sont portées vers la peau et son
chassées dehors sous la forme d'éruptions ; en
même temps cessent les douleurs des os. On dirait
que ces douleurs étaient occasionnées par l'a-
bord et le dépôt incessant de ces matières dans les
os, et que ces matières ne s'y portant plus, la dispa-
rution de la cause emmène la cessation des effets.

On remarquera aussi la réouverture des chancres
dans l'ordre de leur apparition première. Ce phéno-
mène singulier que l'on ne rencontre guère que dans
le traitement hydropathique a attiré fortement mon
attention. On en concluait généralement que le mercure, dangereux dans bien des cas, est inutile dans
tous puisqu'il ne fait tout au plus que masquer la
maladie, qui réapparaît ensuite. J'ai fait des recherches à ce sujet sur un grand nombre de baigneurs,
et voici leur résultat :

Sous l'influence du traitement hydropathique, la
maladie syphilitique peut reparaître avec les symptômes et les formes qu'elle a affectés lors de son apparition première. Le malade peut voir revenir un
chancre, un bubon , un écoulement urétral et même
une salivation abondante après un traitement mercuriel datant déjà de longtemps. Mais aussi des personnes qui ont eu des maladies syphilitiques traitées
par le mercure, peuvent subir le traitement hydropathique sans voir reparaître de symptômes syphilitiques.

J'ai cherché à me rendre compte de cette discordance ; et en étudiant bien les cas divers, je me suis convaincu que lorsque le traitement mercuriel avait été appliqué et suivi d'une manière rationnelle, les symptômes vénériens ne reparaissaient pas. Tandis que lorsque ces symptômes revenaient, le traitement mercuriel n'avait jamais été suivi, d'après les règles de l'art.

Je me suis étendu un peu longuement en narrant cette observation; je ferai de même pour chacun des cas placés en tête de chaque série, afin qu'on puisse mieux se rendre compte du traitement appliqué à chaque genre de maladie et des effets de ce traitement.

———

M. P..., Polonais, (35 ans, tempérament sanguin-nerveux), me dit qu'il serait trop long de me raconter toutes les maladies vénériennes qu'il a eues pendant la période de vingt années, qu'il ne peut même se les rappeler au juste, mais il affirme qu'il en a traité le plus grand nombre avec le mercure à fortes doses.

Voici l'état du malade lorsqu'il commence le traitement : des douleurs vives occupent depuis quatre à cinq ans les os du crâne, des genoux et des jambes. Les genoux seuls sont le siége d'un gonflement sensible. Depuis quelques mois l'épigastre est aussi le siége d'une douleur fixe. Elle a paru sans cause appréciable.

Le traitement est le même que celui que nous avons décrit dans l'observation précédente.

Au vingtième jour les éruptions commencent, elles occupent successivement le front et l'espace compris depuis la partie inférieure des cuisses jusqu'aux maléoles. Quelques boutons isolés viennent çà et là sur les autres parties du corps. Ils sont en plus grand nombre sous la compresse que la malade porte sur la région épigastrique.

La douleur de cette dernière partie est la première à disparaître au bout d'un mois de traitement, et successivement le crâne et les jambes en sont totalement débarrassés, le malade n'éprouve plus de douleurs à la fin du deuxième mois.

Après trois mois de traitement, le gonflement des genoux a disparu, quelques boutons s'y voient encore. Huit jours après, le malade en est complètement délivré; il reste encore à Græfemberg jusqu'à la fin du quatrième mois, tant pour s'assurer si la guérison est complète, que pour ne pas interrompre trop brusquement l'usage de la sueur et des douches. Pendant ce laps de temps aucune éruption ne reparaît.

Je ne rapporte pas deux observations qui ont avec celles-ci tant d'analogies que je ne pourrais que me répéter, ce que je veux éviter, pour ne pas prolonger ce travail.

M. ***, Polonais, (45 ans environ , tempérament

sangnin lymphatique), fut atteint, il y a dix ans, d'un chancre siégeant à la verge, et qui a disparu en trois jours au moyen seulement de lotions émollientes. M. ***, n'a fait aucun autre traitement ni interne, ni externe. Il ne pensait plus à cet accident lorsqu'un an après il vit paraître, sur son corps, des tâches rouges auxquelles les médecins reconnurent les caractères syphilitiques.

Au bout de six mois ces taches ayant disparu ont été remplacées par des douleurs dans chaque côté de la poitrine, par une gêne continuelle dans le nez accompagnée de douleur et d'écoulement d'un mucus jaunâtre et abondant.

Le malade a fait divers traitemens dans cette période de dix ans. Il a usé du mercure sous diverses formes; il a suivi aussi le traitement par la faim; il ne peut me donner d'autres détails, seulement il me dit qu'au moindre excès en boissons ou en nourriture des ulcères nombreux s'ouvraient sur la muqueuse de la bouche. Ce qui permet de supposer qu'il ne suivait pas ses traitemens d'une manière bien rigoureuse.

A son arrivée à Grœfemberg, le malade présente l'état suivant : Suintement de mucus jaunâtre par les narines; enchifrénement constant; douleurs dans les fosses nasalles ; la muqueuse est rouge , mais on n'y voit pas d'ulcérations ; la toux est fréquente et douloureuse, les crachats sont verdâtres et mêlés de sang, ce qui annonce l'ulcération de la muqueuse des poumons.

A table, le malade n'ose pas tousser en présence de Priestnitz, parce qu'il sait que celui-ci ne traite pas les maladies de poitrine, et qu'il craint d'être renvoyé. Aussi n'a-t-il parlé que du mal ayant son siége aux fosses nasales.

Traitement. — Sueur, bain froid, douches, compresses sur les bras.

Dès le quinzième jour, le malade cesse de cracher et de tousser, les douleurs de poitrine disparaissent, puis celles du nez, en même temps la peau qui recouvre le nez et ses environs prend une teinte d'un rouge brun et devient luisante, l'écoulement du mucus diminue. Des éruptions nombreuses, des furoncles couvrent le tronc et les membres supérieurs, surtout les parties qu'enveloppent les compresses.

Au bout de trois mois, les éruptions ont tout-à-fait disparu, ainsi que l'écoulement nasal.

On peut remarquer encore dans cette observation la force exphorétique du traitement qui, dans 15 jours, porte à la peau le virus syphilitique qui, se dirigeant d'abord vers la muqueuse des poumons et du nez occasionaient l'écoulement de l'un et l'ulcération des autres.

On observera aussi que si Priestnitz ne comprenait pas, dans une même proscription, toutes les maladies de poitrine, il n'aurait pas été dans le cas de guérir l'une d'elles à son insu et en quelque sorte malgré lui.

M. ***, Polonais., (40 ans, tempérament sanguin) a eu souvent la syphilis, il a pris beaucoup de mercure.

Il est allé à Grœfemberg ayant des douleurs aux clavicules, dans tous les os concourant à l'articulation scapulo-humérale, et dans les os des genoux et des jambes. Ces derniers sont le siége de gonflemens. Après deux mois de traitement le malade retourne chez lui délivré de ses douleurs. Il y fait usage de lotions froides et se fait suer une fois par semaine.

Au bout d'un an il lui survient une éruption générale et des furoncles aux jambes, sans douleurs autres que celles occasionnées par l'irritation locale. Le malade retourne à Grœfemberg, et après six semaines l'éruption a disparu progressivement de haut en bas. Le gonflement des os a beaucoup diminué depuis cette crise (1).

C'est à l'époque de son retour que j'ai connu le malade, je l'ai vu partir guéri.

On voit par cette observation qu'un malade peut faire une partie du traitement chez lui. Mais alors la guérison est plus lente et il peut survenir des crises qui mettraient le malade dans l'embarras.

———

M. ***, Autrichien, (30 ans, tempérament sanguin), a eu plusieurs écoulemens blennorrhagiques et un

(1) On appelle crise tous les phénomènes qui paraissent sous l'influence du traitement tels que : les boutons, les furoncles, la réouverture des plaies anciennes, les diarrhées, la fièvre, etc.

chancre, qu'il a traité avec du sublimé. Ce dernier traitement a été suivi d'une manière fort irrégulière, et la salivation étant survenue, l'emploi du mercure a été interrompu. Le chancre a pourtant guéri, mais quelque mois après, des taches d'un rouge cuivré se sont montrées à la peau. M. *** ne s'en est pas beaucoup occupé jusqu'au moment où il a commencé le traitement hydropathique.

A cette époque l'éruption se montre plus particulièrement sur le dos, les fesses et les cuisses. Elle s'accompagne de démangeaisons parfois assez vives.

Traitement. — Sueurs, bains, wellenbad. Ce traitement fait augmenter le nombre des pustules ; des furoncles plus ou moins gros paraissent sous les compresses qu'on a posées sur les jambes. Un écoulement urétral survient et dure douze jours ; le chancre se rouvre et se ferme au bout de huit jours ; l'écoulement et le chancre sont sans douleurs.

La guérison est complète après trois mois de traitement.

Deux choses sont à remarquer ici : la réapparition de symptômes morbides disparus depuis longtemps ; la propriété des compresses d'attirer à elles les matières morbides, car les parties qu'elles recouvrent sont toujours le siége d'éruptions plus considérables que celles qui paraissent sur le reste du corps, alors même que ces parties ne sont pas particulièrement affectées.

DEUXIÈME SÉRIE. — *Maladies de la peau,
dartres.*

M. L..., Prussien, (temp. mixte, 30 ans), avait
l'habitude d'user chez lui de bains russes. Etant venu
à Paris, il a cessé de faire usage de ces bains. Au
bout de quelques mois de séjour dans cette ville,
M. L... vit son corps se couvrir d'éruptions ac-
compagnées d'un prurigo insupportable. En vain
pendant un an il consulta les médecins qui s'é-
taient fait une grande réputation dans le traitement
des maladies de la peau, la sienne résista à tous les
moyens ordonnés, pour disparaître ensuite tout d'un
coup et sans cause appréciable. Mais des hémorrhoïdes apparurent aussitôt après, et tourmentèrent le
malade. Il eut alors recours à la moutarde blanche,
il en consomma un quart de kilogramme, et son affection disparut.

C'est vers cette époque, qu'ayant fait la connaissance de M. L..., il me raconta les merveilleux effets opérés sur lui par la moutarde blanche. J'étais
loin de partager à cet égard sa joie et sa sécurité,
et ne lui cachai pas mon opinion. Je lui recomman-
dai même, au cas où il viendrait à être malade sous
peu, de ne pas manquer de faire part de ces antécédens à son médecin.

Deux mois ne s'étaient pas écoulés, que j'appris
que M. L... était malade. Je fus le voir, curieux de
connaître ce qui pouvait être survenu.

Je le trouvai au lit, se plaignant de douleurs dans le genoux et de raideur dans les muscles qui font plier cette articulation. La peau qui recouvre cette partie n'était pas plus rouge qu'à l'ordinaire, mais on sentait une forte chaleur à l'intérieur. Le malade attribuait cette nouvelle affection à un bain de Seine. Pour moi, quelle que fût la cause déterminante, je ne vis là que l'effet de cette même cause qui avait produit d'abord le prurigo, puis les hémorrhoïdes, c'est-à-dire d'un vice que le malade avait dans le sang.

M. A..., professeur à l'Ecole de médecine, avait été appelé, et avait ordonné divers moyens locaux. Plus tard il soumit le malade à l'usage des bains de vapeur.

Huit mois après le malade était à peu près dans le même état. M. T..., autre professeur, fut appelé. Des frictions sur le genou avec l'huile de croton tiglium furent ordonnées, ainsi que la continuation des bains de vapeur. M. L... voulant imiter en partie le traitement hydropathique, buvait chaque jour environ trente verres d'eau.

Après trois mois de ce traitement, la maladie empirant, un médecin compatriote du malade fut appelé. Il lui conseilla d'aller en Allemagne faire le traitement hydropathique, et de continuer les bains de vapeur jusqu'à son départ. Dans le courant de cette année M. L... avait pris soixante bains de vapeur.

J'étais alors au moment de mon départ pour aller étudier ce traitement ; il fut convenu que nous ferions ce voyage ensemble. Je l'ai en effet accompagné dans l'établissement que nous savions être le plus près.

A notre arrivée, le malade est à peu près dans l'état que j'ai déjà décrit ; il marche avec des béquilles ; quelques pas le fatiguent beaucoup et lui donnent de grandes douleurs dans le genou, ce qui nous a obligé de nous arrêter souvent en route. Du reste toutes les autres fonctions organiques s'exécutent bien.

Traitement.—Sueur d'une heure et demie, bain, douches, compresses sur le genou malade.

Au bout de huit jours, une éruption de plaques rouges un peu élevées parut sur la hanche et la partie supérieure de la cuisse, du côté malade. Cette éruption disparut après quelques jours, et fut remplacée par des boutons et des furoncles sur toutes les parties du corps. Le malade appuyait déjà sur le sol son pied gauche par toute la surface plantaire.

Avant la fin du deuxième mois du traitement, M. L... dépose ses béquilles, et marche appuyé sur une canne.

Quinze jours après il n'avait plus besoin d'appui étranger. Les éruptions avaient disparu.

M. L... continue le traitement pour perfectionner sa guérison.

Cette observation est intéressante à bien des titres.

La connaissance des antécédens du malade nous permet de bien apprécier la nature de la maladie sous ses différentes transformations. Le jugement que j'avais porté d'abord semble avoir été confirmé par les éruptions et les abcès qui ont paru à la partie supérieure du membre malade et puis successivement sur différentes parties du corps.

On peut aussi établir la différence comparative entre l'effet des sueurs provoquées par les bains de vapeur, et l'effet des sueurs provoquées par le traitement hydropathique. Ce dernier a déjà provoqué des éruptions au bout de 8 jours, il amène la guérison au bout de 70 jours, tandis que 60 bains de vapeur n'ont amené aucun résultat.

M. L... ayant lavé la compresse qui entourait son genou, l'eau qui lui servit à cette opération devint épaisse, noirâtre et chargée de matières animales très abondantes.

———

M. N..., Prussien (32 ans , temp. ner. lymp.), avait été sujet pendant longtemps à une éruption, qui revenait tous les ans en été occuper une grande partie du corps. Il y a deux ans que cette éruption n'a pas reparue, et depuis lors le malade éprouve une douleur du côté gauche du thorax, d'où elle se déplace parfois pour aller se loger à l'épaule.

Traitement. — Sueurs, bains. Dans le commencement le malade est trop faible pour supporter la douche dont il a dû faire usage plus tard.

Au 15° jour du traitement, une éruption de petits boutons survient à l'épaule gauche ; un gros furoncle se place sur le côté douloureux. Le 17e jour un autre furoncle paraît à la région du foie ; l'éruption se propage à l'autre épaule, aux bras et sur l'abdomen. La douleur du côté gauche disparaît.

A partir du 40e jour, il ne paraît plus d'éruptions.

M. N..., qui était maigre et faible au commencement du traitement, a pris de l'embonpoint et de la force.

—————

M. N..., général polonais au service de l'Autriche, (55 ans, temp. sanguin-lymp.) avait éprouvé dès son bas-âge un affaiblissement progressif, de l'innervation du côté droit. L'œil de ce côté ne pouvait pas viser le fusil.

A l'âge de 22 ans, ayant éprouvé un vif chagrin, il fut privé tout d'un coup de la faculté d'écrire ; bien que tous les autres mouvemens du bras et de la main droite eussent conservé toute la facilité qu'ils avaient auparavant. Trois ans après, M. N... étant à cheval, s'est blessé le testicule gauche. Celui-ci est resté dur et plus gros de moitié, et tous les traitemens qu'on a fait pendant un an, n'ont eu d'autre résultat que de couvrir la moitié gauche du scrotum d'une dartre très rouge et fournissant constamment un liquide très abondant. Des fumigations de sulfure de mercure ont été employées contre cette dartre.

M. N... écrivit à Priestnitz pour savoir s'il voulait consentir à traiter sa paralysie, et ne lui parla pas de sa dartre. Priestnitz répondit que le traitement serait très long, qu'il ne lui conseillait pas de venir à Grœfemberg, mais qu'il pouvait se traiter chez lui de telle et telle manière qu'il lui indiquait.

M. N... n'ayant pas su exécuter l'ordonnance, partit pour Grœfemberg. Priestnitz se fâcha d'abord que le malade n'eût pas suivi ses avis et voulut le renvoyer ; pourtant voyant que sa constitution était encore forte, il consentit à le garder.

Voici quel était alors l'état du malade :

La paralysie de la main est restée la même ; l'œil droit ne peut distinguer à six pas si un objet est un arbre ou une personne. La dartre du scrotum fournit toujours une humeur tellement abondante, qu'un linge de trois ou quatre doubles est complètement mouillé au bout de quelques heures.

Priestnitz donne pour cause de la paralysie, le dépôt de matières dartreuses sur le trajet des nerfs affectés. Le malade avoue que toute sa famille est dartreuse.

Voici le traitement qu'il prescrit. Sueurs, bains, douches, compresses sur le bras malade. *Gardez-vous bien, dit-il, de doucher plus particulièrement le bras malade, vous tueriez les nerfs et toute l'eau du monde ne pourrait pas vous guérir.*

J'ai déjà dit que M. N... n'avait pas parlé de sa dartre ; il n'a pas non plus avoué qu'il portait à la verge un chancre, qui depuis trois mois résistait aux traitemens. Le général applique de son chef des compresses mouillées sur la dartre, et de la charpie mouillée sur le chancre.

Au bout de cinq jours de traitement, le chancre est cicatrisé, et la dartre disparaît après quinze jours.

Le malade a remarqué que la compresse qui couvrait tout le scrotum, était rouge seulement du côté de la dartre.

A la fin du deuxième mois, Priestnitz demanda à voir le dos du malade. Après en avoir examiné la peau : *Ah, ah ! dit-il, l'humeur ne tardera pas à paraître.*

Quinze jours après, les premières éruptions ont paru sur le dos, du côté droit. Ce ne sont d'abord que de petits boutons, mais bientôt ce sont de véritables furoncles. Quelques boutons paraissent sur le côté gauche, mais ils sont plus rares et parcourent des périodes plus courtes, soit que la matière soit moins considérable de ce côté, soit que ce côté ait plus de force pour les éliminer plus promptement.

Au troisième mois du traitement, l'œil voit déjà à une plus grande distance. Le malade qui prend alors des bains de bras, éprouve des douleurs à ce membre pendant qu'il est dans l'eau. Priestnitz dit que ces douleurs annoncent que l'éruption ne tardera pas à paraître ; du reste, la guérison ne sera complète que lorsque cette éruption aura tout à fait cessé.

Je ne rapporte ici cette observation que pour ce qui regarde le chancre et la dartre guéris, le premier en cinq jours, la seconde en quinze jours de traitement. Quant à la partie qui concerne la paralysie, j'ai cru qu'elle ne manquerait pas d'intérêt, surtout si on la rapproche de l'observation de la paralysie de M. B..., secrétaire de Priestnitz, observation que je rapporterai plus loin.

M. H..., Autrichien (33 ans, temp. lymp.), a toujours été sujet aux dartres, qui se portaient alternativement sur différentes parties du corps. Il y a cinq ans qu'une nouvelle dartre parut sur le devant du sternum ; elle était plus rouge et plus vive que celles qui avaient paru jusqu'alors. Cette dartre s'agrandit en circonférence et en profondeur, et lorsque le malade a commencé le traitement, elle avait à peu près deux pouces de long et un pouce de large ; les démangeaisons qu'elle faisait éprouver étaient très douloureuses, l'humeur qui s'en échappait était très fétide, très âcre, et plus abondante dans certains temps.

Après trois mois de traitement, la dartre qui s'était continuellement diminuée, n'avait plus qu'un quart de sa grandeur, lorsque le malade fut obligé de retourner chez lui.

Il devait y continuer le traitement, ce qu'il négligea pendant quelque temps. La dartre s'accrut de

nouveau. L'usage de deux bains de sueur par semaine et de quelques lotions froides, la rendit de nouveau stationnaire.

M. H... est revenu cette année (1840) à l'établissement pour reprendre son traitement ; il me montre
une cicatrice d'un rouge un peu foncé et qui, dit-il,
est plus petite que ne l'était la dartre. Il y a déjà un
mois que cette cicatrice est complète ; chaque jour
elle perd de sa couleur, qui était d'abord très foncée.

———

J'ai connu aussi un autre baigneur qui venait
chaque année faire un ou deux mois de traitement.
Deux saisons lui avaient été nécessaires pour se débarrasser de dartres qu'il portait depuis longtemps.
Il y avait deux ans qu'il était complètement guéri.

Beaucoup de dartreux se trouvent dans les établissemens que j'ai visités : tous se louent des effets
du traitement.

———

Troisième série. — *Congestions sanguines ; hémorrhoïdes ; gastrite chronique; constipations;
maladies du foie.*

Ces diverses maladies se trouvant très souvent
liées entre elles et dépendantes les unes des autres,
je les range dans une même série. On verra par les
observations suivantes qu'il m'eût été difficile de faire
autrement.

M. de T... de T..., avocat belge (30 ans, temp.

sang. nerv), était primitivement d'une organisation très forte. Il y a dix ans, il commença à souffrir de maux de tête avec des congestions vers cet organe, de palpitations et de froid continuel aux pieds. Bientôt après, l'estomac devint inerte et les digestions laborieuses ; la mélancolie s'en suivit, ainsi qu'une grande irritabilité du système nerveux.

M. de T... attribue son état à un excès de travail intellectuel, ainsi qu'aux plaisirs vénériens.

Pendant dix ans le malade a essayé d'une foule de traitemens sans en éprouver de soulagement. On l'a soumis à l'usage des purgatifs et des vomitifs ; il a pris cinquante doses de la médecine Leroy ; puis est venu le tour de l'homéopathie.

M. de T... a commencé chez lui le traitement hydropathique d'après l'avis d'un médecin belge. Bientôt le froid aux pieds a disparu et les congestions ont diminué ; effets qu'il attribue surtout aux bains de pieds froids.

Encouragé par ces premiers succès, il se rendit à Mariemberg (1). Voici le traitement prescrit :

Compresses froides sur la tête pendant la sueur, qui n'est que d'une demi-heure ; bain entier à 11 heures ; bain de siége de 25 minutes, toujours avec une compresse froide sur la tête ; douche le soir. Celle-ci irritant trop le malade, est remplacée par le wellenbad.

A la 5ᵉ semaine du traitement, la sensibilité ner-

____

(1) Établissement hydropathique en Prusse.

veuse diminue, les forces augmentent lentement ;
des congestions plus ou moins fortes suivent toujours
le dîner, qui est le principal repas de la journée.

Le quarantième jour, M. de T***, après un re-,
pas très copieux, éprouve une attaque de congestion
plus forte que de coutume ; le malade est un parti-
san effréné de l'alimentation illimitée.

Je lui fais observer que ce système est plus pré-
judiciable à lui qu'à tout autre ; que l'excès de nourriture injéré dans un estomac déjà affaibli cause non-
seulement les congestions, mais aussi le peu d'effet
du traitement. Le malade ayant goutté ma manière
de voir, réduit la quantité de sa nourriture jusqu'au
point ou la digestion ne se fait plus sentir. Dès lors,
les congestions disparaissent, les forces se relèvent
rapidement, et après un mois le malade peut satisfaire son appétit sans en être incommodé.

Nous remarquerons dans cette observation l'application de l'effet secondaire de l'eau froide : les
bains de pied froids ramènent la chaleur aux pieds,
ce que n'avaient pu faire les bains de pied chauds
et synapisés. L'expérience de chaque jour nous
prouve, du reste, que ces derniers, au lieu de diminuer le mal, ne font que l'augmenter.

Les bains de siége froids attirent le sang vers
l'abdomen , font disparaître les congestions sanguines vers la tête, en même temps qu'ils rendent
au tube digestif sa force et son énergie.

Nous voyons encore une preuve que les éruptions

et les furoncles ne sont pas l'effet d'une simple irritation de la peau, puisque M. de T*** n'en a jamais eu pendant son traitement, ce qui n'aurait pas manqué d'arriver, s'il avait existé dans son corps quelques matières morbides à éliminer. Enfin, on peut estimer combien est funeste cette manie de prendre plus de nourriture qu'on ne peut en digérer facilement.

M. le comte de R***, Français (30 ans, tempéramment bilioso-nerveux), commence le traitement étant dans l'état suivant : Irritation chronique du foie et de l'estomac ; légères douleurs lancinantes dans les hypochondres pendant les grandes inspirations ; atonie des intestins ; viscères abdominaux racornis et diminués de volume ; paroi antérieure de l'abdomen enfoncée dans la cavité : la peau en est sèche et jaune comme du parchemin ; faim dévorante ; abattement profond accompagnant la digestion ; constipation opiniâtre ; maigreur et faiblesse générales.

Traitement. — Sueur dans le drap mouillé d'un quart-d'heure ou demi-heure seulement, bain entier ; wellenbad à 11 heures ; deux lavemens froids dans la journée ; un bain de siége de 20 minutes.

Après quinze jours de traitement, le malade se sent plus fort ; les digestions se font plus facilement, excepté pourtant lorsqu'il se livre à son appétit vorace. Le trente-cinquième jour il est pris d'une constipation opiniâtre, avec dégoût de tout, et faiblesse générale.

Continuation du même traitement. Le malade doit manger seulement un peu de veau à son dîner, et boire beaucoup d'eau pendant la journée.

La constipation cède au bout de sept jours, et est suivie de diarrhée qui dure deux jours. Depuis lors, l'ensemble de la constitution s'améliore; l'estomac prend des forces; la peau perd sa teinte jaunâtre; le ventre n'est plus rentré en lui-même; les digestions ne sont plus laborieuses.

M. de R*** part au bout de deux mois et demi de traitement, se portant fort bien, ce qui durera tant qu'il ne se livrera pas à des excès de table.

———

Madame D***, de Paris, avait depuis longtemps une inflammation chronique des ovaires; de temps à autre un abcès se formait dans la fosse iliaque droite, et après plus ou moins de temps se vidait par le rectum. Un engorgement se faisait aussi sentir dans la fosse iliaque gauche, mais ne s'abcédait jamais. On avait d'abord ordonné à madame D*** la sueur, le bain entier, la douche et les bains de siége froids, mais c'était trop pour une organisation délicate : on a bientôt restreint le traitement. La malade a dû suer, et prendre seulement un bain entier et un bain de siége. Dans le courant du traitement, vers le deuxième mois, un abcès qui existait déjà dans la fosse iliaque droite s'est vidé comme à l'ordinaire. Depuis lors , madame D*** a repris des forces. Bien qu'elle soit revenue chez elle, elle continue les bains de siége, car elle s'est aperçue qu'après les avoir interrompu quelque temps, elle avait ressenti quelques douleurs ; depuis le commencement de l'hiver elle peut se promener, et même passer la plus grande partie de ses nuits au bal sans que ses douleurs se réveillent, et sans en éprouver plus de fatigue que si elle s'était toujours bien portée.

Madame D*** se propose de faire quelques mois de traitement l'été prochain, afin de compléter sa guérison, au cas où elle ne le serait pas déjà.

M. L***, de Paris (28 ans), a, depuis plusieurs années, un engorgement du foie sujet à de grandes variations. J'ai souvent senti sur cet organe de petites saillies qui disparaissaient au bout de deux ou trois jours , pour reparaître après le même laps de temps. Ses digestions sont laborieuses; il est souvent constipé. L'enveloppe cutanée présente la teinte jaune qui accompagne les maladies du foie.

M. L*** a fait trois mois de traitement; il y avait un mois qu'il ne souffrait plus lorsqu'il est parti.

M. Sc., lieutenant prussien (28 ans, tempérament sanguin), est affecté de congestions sanguines à la tête; d'inflammation chronique de la trachée-artère (les médecins lui ont annoncé une disposition à la phthysie-trachéale); il a aussi des constipations opiniâtres, pendant lesquelles le ventre se développe quelquefois d'une manière prodigieuse. Ces différentes affections, qui duraient depuis huit ans, avaient beaucoup abattu le moral du malade, et l'avaient rendu hypochondriaque.

Le malade dit que toute sa famille, père, mère, frères et sœurs, ont des hémorrhoïdes, et qu'il est le seul membre de la famille qui n'en ait jamais eu.

Traitement.—Sueur d'une heure avec compresses froides sur la tête; bain; wellenbad, remplacé plus tard par la douche; bains de siége, lavemens.

Pendant les premiers quinze jours du traitement, le malade n'a pu faire de l'exercice qu'à cheval. A partir du quinzième jour, il a eu des éruptions sur tout le corps; il est parti guéri la neuvième semaine.

Je n'ai jamais vu le moral d'un homme changer d'une manière si étonnante en si peu de temps. M. Sc. était arrivé triste, abattu, chagrin, en un mot, hypochondriaque dans toute la force de l'expression; il est parti le plus gai et le plus joyeux des hommes : depuis plus d'un mois il était l'âme et le boute-entrain de toutes les parties de promenade.

———

Madame M*** avait accompagné, à Grœfemberg, son mari malade; elle-même souffrait encore des suites d'une maladie du foie, dont les médecins l'avaient en grande partie délivrée. Bien que ne suivant pas le traitement, elle essaya de porter sur le ventre des compresses mouillées et exprimées comme elle le voyait faire à d'autres dames. Quelques jours après apparurent des boutons qui occupèrent bientôt toute la partie du côté droit recouverte par la compresse.

Priestniz, appelé, conseilla à cette dame de faire le traitement tout entier.

Au bout d'une vingtaine de jours l'éruption disparut ; trois mois après, malgré l'usage constant de la compresse, elle n'avait pas reparu, pas plus que la douleur.

On remarquera ici, comme dans plusieurs des observations précédentes, que les éruptions ne paraissent plus une fois que les matières morbides sont éliminées, malgré que les personnes continuent le traitement.

QUATRIÈME SÉRIE. — *Obésité.*

Sir P***, d'Amsterdam (60 ans, tempéramment sanguin), s'aperçut, il y a deux ans, qu'en même temps que l'obésité de son abdomen, datant déjà de plusieurs années, augmentait sensiblement, des varices se formaient aux jambes, surtout à la gauche. La faiblesse des jambes et des bras augmentait en proportion, la marche était parfois impossible ; le cerveau participant à cette faiblesse générale, par moment l'intelligence était affaissée et inhabile à agir; d'autres fois elle semblait pervertie. Le malade se livrait à de fréquens accès de colère.

Cet état n'a fait qu'augmenter, jusqu'au moment où sir P*** a commencé le traitement hydropathique, dont il n'a pas tardé à ressentir d'heureux effets.

Au bout du premier mois l'amélioration est sensible, l'état d'affaissement et de stupeur du cerveau a presque disparu, les accès de colère sont plus rares et moins violens, les forces générales reviennent aussi, le malade peut faire d'assez longues promenades. Des éruptions et des furoncles couvrent les jambes, surtout auprès des varices, mais en plus grand nombre sur la jambe gauche.

Après 56 jours de traitement, sir P*** est si content de l'amélioration qui s'est opérée en lui, qu'il veut faire un voyage de huit jours, afin d'essayer s'il peut discontinuer la cure. Mais les éruptions qui se renouvellent sans cesse prouvent bien qu'il n'est pas encore temps. Il nous montre avec une grande joie la ceinture de son pantalon, dont les bouts se croisent, donnant un tiers de mètre de reste, par suite de la diminution de l'obésité.

Sir P*** revient au bout de huit jours, effrayé de voir son ventre couvert d'une éruption formant des plaques rouges qui s'exfolient.

Cet accident est très facile à expliquer : Les matières morbides entraînées par les sueurs, ayant pris l'habitude de se porter vers la peau, ont continué à suivre cette direction ; mais le malade ne se faisant plus envelopper, ces matières se sont déposées entre le derme et l'épiderme, et occasionnent l'exfoliation de ce dernier. Quelques plaques rouges, qui commencent à sécher, annoncent que cet état n'aurait pas duré longtemps, et que tout serait rentré dans l'ordre qui existait avant le traitement, c'est-à-dire que les matières seraient restées dans l'abdomen. Ce qui me confirme dans cette hypothèse, c'est que quelques sueurs ont suffi pour faire disparaître cette éruption.

J'ai déjà fait remarquer, à propos de plusieurs observations précédentes, que les éruptions ne sont pas le produit de l'irritation de la peau ; on en voit ici deux nouvelles preuves : La première c'est que, malgré que le traitement s'adresse également à toutes les parties du corps, l'éruption ne paraît que sur les organes qui sont particulièrement affectés.

La seconde, c'est que si deux parties étant malades, l'une l'est plus que l'autre, c'est toujours la première qui porte le plus grand nombre de boutons.

Il est donc prouvé que ces éruptions sont un résultat de la force *exphorétique* ou éliminatrice du traitement. Ceci est donc une vérité acquise, je n'y reviendrai plus.

Quant aux varices, tout le monde sait qu'on entend par là une dilatation organique des veines. Je crois qu'à moins qu'elles ne soient très récentes, ce traitement, pas plus que tout autre, ne peut les guérir, c'est-à-dire rendre à ces vaisseaux leur calibre primitif. Mais je crois que par l'action tonique de l'hydropathie, on peut rendre à leurs parois assez de force pour faire équilibre à la pesanteur du sang, et enlever ainsi la cause des douleurs.

L'obésité, surtout lorsqu'elle arrive dans un âge peu avancé, est presque toujours causée soit par l'exagération du tempéramment lymphatique, soit par la cachexie scrofuleuse. Dans le premier cas, l'obésité se développe vers l'âge de trente ans; dans le second cas, elle se déclare au sortir de l'adolescence. Il n'est pas rare de voir des jeunes gens grossir énormement dès l'âge de 18 et 20 ans, mais chez les uns comme chez les autres on reconnaît que cet embonpoint n'est qu'une sorte de bouffissure du tissu cellulaire, dont les cellules semblent contenir des matières étrangères.

L'observation attentive ne tarde pas à donner au médecin la clé de ces phénomènes. Ainsi, j'ai vu l'obésité se déclarer presque tout-à-coup à la suite de la suppression de la sueur des pieds. Je l'ai vu succéder à un exanthème disparu. La manière dont le traitement hydropathique se comporte contre cette infirmité est encore une preuve de ce que j'ai avancé.

Ces sortes d'affections sont assez communes parmi les malades que j'ai vus dans les établissemens hydropathiques; le climat humide de certaines contrées d'Allemagne y prédispose les habitans. Quelques jours de traitement emmènent toujours des éruptions nombreuses. J'ai connu une demoiselle de 21 ans, qui, m'a-t-on dit, avait acquis un embon-point tel qu'elle ne pouvait plus marcher sans appui étranger ; les éruptions avaient couvert tout le corps, excepté la tête. (Cette partie n'étant jamais envelop-pée que légèrement, et ne l'étant pas même du tout le plus souvent, n'est jamais le siége d'éruptions, à moins qu'elle ne soit particulièrement malade.) L'o-bésité avait diminué progressivement, et lorsque je l'ai vue, elle pouvait faire de très longues promena-des. Je l'ai quitté continuant le traitement.

Dans tous les cas que j'ai observés, j'ai vu l'obé-sité se fondre trés rapidement sous l'influence de la force éliminatrice du traitement.

CINQUIÈME SÉRIE. — *Maladies nerveuses.*

Les maladies que l'on comprend habituellement sous cette dénomination de *maladies nerveuses,* peuvent se diviser en deux ordres. Le premier se composera des affections reconnaissant véritable-ment pour cause une lésion du système nerveux ; le second contiendra cette foule d'affections dont la na-ture nous échappe, que je rangérai, moi, dans ma classe des inconnues dont j'ai déjà parlé, et que l'his-toire de la science nous montre changeant de nom, suivant les systèmes dominans. Tantôt maladies hu-morales, lorsque l'humorisme régnait en maître ab-solu ; puis maladies nerveuses, alors que le solidisme,

ne pouvant point les expliquer le scalpel à la main,
croyait masquer son impuissance à l'aide d'une dénomination dont la valeur est obscure et insaisis-
sable.

Le traitement hydropatique peut, dans maintes
circonstances nous éclairer sur la véritable nature de
ces maladies. J'ai vu des malades chez qui, jusque
là, on avait cru reconnaître une affection nerveuse,
et qui, pendant longtemps avaient été traités dans
ce sens; j'ai vu ces malades couverts d'éruptions
sous l'influence de la force éliminatrice du traitement hydropathique, et guérir dès que ces éruptions
avaient achevé leurs périodes.

Quant aux maladies nerveuses proprement dites,
on sait qu'un traitement tonique, un régime sain et
réglé, un exercice modéré, et l'absence de tout excès, sont les meilleurs moyens thérapeutiques qu'on
puisse leur opposer, et l'on connaît assez le traitement hydropathique pour affirmer qu'aucun autre
ne peut mieux que lui obtenir les résultats desirés.

M. M..., Prussien (45 ans, tempérament bilioso-
nerveux), a vécu plusieurs années sous les tropi-
ques. Depuis peu de temps, après son retour dans
son pays natal, il est affecté d'une grande irritabilité
du système nerveux et d'une susceptibilité extrème
de la peau, qui est le siége de grandes douleurs au
moindre changement de température. Le malade
sent fréquemment à la région du foie des contrac-

tions et des tiraillemens ; son teint, quoique basané, n'est pas jaune ; on aperçoit, en le considérant un peu attentivement, des mouvemens nerveux, non seulement sur sa figure, mais même dans toutes les parties de son corps.

Traitement. — Sueur, bain entier, bain de poussière, compresses sur la région du foie.

Au bout de quinze jours, le médecin, voyant que les sueurs affaiblissaient le malade sans occasionner d'éruptions, ordonna d'aller au bain froid, aussitôt que l'enveloppement avait accumulé une quantité suffisante de calorique. Plusieurs attaques se sont montrées dans les six premières semaines du traitement. Mais depuis le quarantième jour jusqu'à son départ, qui a lieu à la fin du troisième mois, M. M... n'a plus souffert, bien qu'il ait quitté la flanelle qui lui couvrait tout le corps avant qu'il ne commençât le traitement.

A Græfemberg, comme dans tous les établissemens hydropathiques, la flanelle est absolument prohibée. Les malades doivent s'en dépouiller dès qu'ils ont pris quelques bains ; et bien que presque toutes les personnes que j'ai vues en traitement se fussent trouvées dans ce cas, je n'ai pas vu un seul rhume, un seul catarrhe pendant mon séjour dans divers établissemens ; ce que l'on doit attribuer à la force et à l'énergie que l'eau froide donne à la peau.

Madame N..., de Vienne (30 ans), tempérament

nerveux), était affectée depuis plusieurs années de névralgie (tic douloureux), occupant la partie inférieure et droite de la face ; trois mois de traitement l'ont guérie radicalement, car, depuis lors, trois ans se sont écoulés sans que la névralgie ait reparu.

Madame N... va chaque année faire deux ou trois mois de traitement, uniquement pour raffermir sa santé et celle de ses enfans qu'elle amène avec elle.

Priestnitz ne traite pas les épileptiques ; je l'ai vu renvoyer un malade qu'il soupçonnait être atteint de cette maladie. Mais tous les médecins qui appliquent sa méthode ne partagent pas son opinion. Le docteur Schmidt m'a assuré avoir guéri deux cas sur cinq.

J'ai vu une demoiselle hystérique n'éprouver aucun soulagement après quatre mois de traitement.

SIXIÈME SÉRIE.— *Goutte, rhumatismes.*

Ces deux maladies, ou plutôt les maladies que l'on désigne sous ces deux dénominations, ayant ensemble des rapports si nombreux et si intimes, qu'on n'a pu encore établir entre elles des limites précises, je les renferme dans la même série.

On a déjà vu plusieurs de mes observations dans lesquelles la rétrocession d'un exanthème a occasionné des accidens morbides revêtant la forme rhumatismale ; en effet, si l'on étudie les maladies qui nous occupent sur les malades, et non pas dans les livres, on se convaincra bientôt de ce qui suit :

Les maladies goutteuses et rhumatismales sont toujours amenées par l'une des causes que je vais énumérer suivant leur ordre de fréquence.

Disparition et absence de la transpiration sur toute l'étendue de la peau ou sur l'un de ses points, les pieds, par exemple ; rétrocession d'un exanthème habituel ; suppression d'un exutoire ancien ; lésion des fonctions du tube digestif qui occasionne l'introduction dans l'économie de matériaux mal élaborés ; excès de nutrition, suivi des mêmes effets. Il faut ajouter pour la goutte à ces mêmes causes la lésion de la fonction excrétoire des rheins ; enfin, pour comprendre toutes ces causes diverses dans une seule phrase, nous dirons que ces deux maladies reconnaissent toujours pour cause le défaut d'équilibre entre les fonctions excrétoires et les besoins de l'organisme (1).

Ce que je viens de dire une fois admis, on concevra toute l'efficacité de cette méthode curative contre ces maladies. Du reste, voici les observations. Elles en diront encore plus que tous les raisonnemens.

M, N..., Prussien (tempérament sanguin nerveux, 46 ans), avait depuis 14 ans des douleurs rhumatismales, dont les années n'ont fait qu'accroître l'acuité. Les attaques, qui étaient devenues très

(1) Ces idées seront développées dans un mémoire que je présenterai bientôt à l'académie. L'étude du traitement hydropathique n'a fait que les confirmer dans mon esprit.

fréquentes; laissaient le malade dans un état d'irritation extrême qui durait douze à quinze jours.

Traitement. — Sueurs dans la couverture de laine ou dans le drap mouillé, lorsque l'irritation était trop grande, ce qui arrivait après les attaques et durait trois à quatre jours ; bain entier après la sueur; douche; parfois le malade, ne pouvant la supporter, elle était remplacée par le wellenbad.

Le 15ᵉ jour du traitement, un premier furoncle survint ; depuis lors le malade fut excessivement tourmenté ; les crises générales étaient fréquentes et se compliquaient de symptômes nerveux ; elles se terminaient toujours par la formation de quelque abcès qui ne laissait presque pas de repos.

Cet état de choses dura quatre mois, au bout desquels, se sentant beaucoup mieux, M. N... voulut passer l'hiver chez lui pour se reposer et revenir terminer sa cure l'été suivant.

Il continua chez lui à se faire suer de temps en temps et à prendre quelques bains froids. Les douleurs ne furent ni aussi intenses ni aussi fréquentes que par le passé.

L'été dernier, M. N... est allé recommencer son traitement, qui l'a encore beaucoup tourmenté pendant deux mois, durant lesquels il a plus souffert que pendant l'hiver passé. Mais, après ce temps, les douleurs n'ont plus reparu, les éruptions et les furoncles ne se sont plus renouvelés, et lorsqu'il est parti il y avait deux mois qu'il n'avait souffert.

Je veux décrire ici l'une des crises qui ont tourmenté le malade, afin de faire voir comment Priestnitz et ses adhérens se comportent en pareille circonstance.

Un soir, à six heures, le malade se sent pris de
douleurs par tout le corps ; ces douleurs sont si vio-
lentes, qu'il pousse des cris et se roule sur son lit.
Le pouls est dur, tendu et repousse le doigt avec
force ; il bat 125 pulsations par minutes ; la chaleur du corps est très développée ; les conjonctives
sont injectées ; les traits de la figure tiraillés par la
souffrance.

Voici le traitement : (Pour mieux observer, je
m'étais adjoint aux personnes qui donnaient les soins
aux malades.) Nous enveloppons le malade dans un
drap mouillé et exprimé, puis dans une couverture
de laine, sur laquelle sont encore placées les couvertures ordinaires de son lit.

Au bout de douze minutes, le drap étant réchauffé
par la chaleur du corps est remplacé par un autre.
Ce renouvellement a lieu de quart d'heure en quart
d'heure pendant six fois. Au sixième drap, la fièvre
est tombée, le pouls est distendu, la chaleur bien
moindre ; le malade est calme, bien qu'éprouvant
quelques douleurs dans les membres. Nous le lais-
sons dans ce drap, et bientôt un léger sommeil favorise la sueur et procure du repos.

Ce sommeil dure trois heures pendant lesquelles la
sueur est très abondante. A son réveil, le malade en-

tre dans un bain à 12° où il reste trois minutes. Pendant qu'il est dans l'eau, un domestique lui frotte de la main les membres et le corps.

En sortant du bain, le malade se couche ; on entoure ses jambes et ses bras de compresses mouillées; mais on est obligé de les enlever au bout d'une heure, parce qu'elles provoquent une trop grande sueur. Alors le malade s'endort jusqu'à six heures du matin, heure à laquelle il prend un autre bain à douze degrés.

Le lendemain, à neuf heures du soir, retour de l'exaspération fébrile accompagnée de douleurs aussi aiguës et aussi générales que celles de la veille. Les mêmes moyens sont encore employés, mais cinq draps suffisent pour vaincre la fièvre. Le malade se plaint dans la nuit d'une douleur beaucoup plus vive dans le bras droit. Le lendemain matin, le poignet, la main et le pouce du côté droit sont rouges et enflés. Des compresses sont appliquées sur ce membre. Dans les jours suivans, l'enflure se dissipe de haut en bas ; le poignet, puis la main reviennent à leur état normal. Le pouce reste seul enflé ; son extrémité blanchit, et une petite ouverture s'y forme.

De cette ouverture s'écoule une humeur si abondante qu'il suffit de laisser une minute la plaie à découvert pour la voir s'échapper goutte à goutte.

Les crises de ce genre ne sont pas rares chez les goutteux et les rhumatisans. On les combat où on les atténue toujours par les mêmes moyens modifiés suivant les cas. Je dois dire que je n'ai jamais vu la fièvre résister plus d'une heure et demie à l'emploi du drap mouillé.

Je crois pouvoir faire ici le rapprochement entre ce procédé curatif de la fièvre et un fait à ma connaissance.

Une de mes parentes, d'un tempérament sanguin-nerveux, souffrait depuis longtemps de la goutte ; dans le paroxisme d'un accès, dont rien n'avait pu calmer la violence, la malade demande avec instance qu'on apporte près de son lit une baignoire et qu'on la remplisse d'eau froide. Cela fait, et sans écouter les remontrances des personnes qui l'entouraient, elle entre dans l'eau à une heure du matin (on était alors au milieu du mois de janvier).

A trois heures et demie, sentant que l'eau était réchauffée par la chaleur du corps, elle ordonne de la renouveler, et à six heures du matin, elle sort du bain calme et tranquille. A peine rentrée dans son lit, elle s'endort d'un sommeil profond qui durait encore à huit heures lorsque le médecin, inquiet de l'état dans lequel il avait laissé la malade la veille, entre et reste tout étonné de la trouver endormie si profondément.

La malade, réveillée, lui raconte ce qu'elle a fait, et comme ce n'est pas la première preuve qu'elle ait donnée de l'excellence de son instinct conservateur, le médecin lui a donné carte blanche pour l'avenir.

Un an après, la malade tourmentée par un accès

de goutte à l'estomac, demande de la neige qui couvre alors le sol, les personnes qui l'entourent ne voulant pas lui en donner, elle trempe dans l'eau froide des compresses qu'elle applique sur l'épigastre. Le médecin étant survenu et se rappelant les heureux effets du bain froid, n'ose point s'opposer aux desirs de la malade.

Le lendemain celle-ci put digérer facilement six huitres, tandis que depuis quinze jours elle ne pouvait prendre aucun aliment solide sans le rejeter.

Mon honorable confrère certifierait ces faits au besoin, car chez lui la franchise parle plus haut que l'esprit de système et de doctrine ; et si le résultat de ces faits fut inexplicable pour lui à l'époque où ils se sont passés , j'espère qu'ils ne le seront plus autant aujourd'hui.

M. D. Polonais (temp. lymp. sang., 48 ans), ayant habité pendant longtemps les climats chauds, revint il y a cinq ans dans son pays dont la température est ordinairement froide et humide. Il ne tarda pas à éprouver des douleurs légères d'abord, mais qui s'aggravèrent de plus en plus.

Lorsqu'il a commencé le traitement il était perclus de ses jambes et ne pouvait se servir de ses bras qu'avec difficulté.

Il a passé à Grœfemberg quatre mois de l'année 1839 et trois mois de l'année 1840. Au deuxième mois de traitement de la seconde année, il a pu marcher sans appui et se servir de ses bras avec facilité.

M. D. a eu pendant son traitement des éruptions nombreuses, mais pas de crises générales. Il doit revenir à Grœfemberg l'été prochain pour consolider sa guérison.

———

Mme D., Autrichienne. part aussi, après avoir été guérie d'une affection à peu près pareille, mais je n'ai pu connaître de détails. Il en est de même d'un officier russe.

———

M. .... ancien officier prussien (45 ans, temp. sanguin), avait depuis longtemps la goutte qui avait déformé les doigts de ses pieds et de ses mains; des nodosités nombreuses et dures annonçaient le dépôt de substances calcaires autour des articulations. Le malade ne marchait qu'avec beaucoup de peine et jamais sans souffrir. Je l'ai vu faisant le traitement depuis huit mois. Les articulations. quoique plus grosses que dans l'état normal, étaient molles et sans douleur; la marche n'était plus pénible; les éruptions avaient été nombreuses et les articulations malades s'étaient recouvertes pendant longtemps de substances blanches et solides; la peau de quelques-unes de ces articulations portait encore la cicatrice des abcès ou ulcérations qui s'y étaient formés.

J'ai vu plusieurs exemples de ces concrétions salines autour des articulations des goutteux en traitement. Je remarquai aussi un jeune homme ayant une névrose scrofuleuse des os du coude. Chaque matin, on voyait autour de l'articulation, au-dessous de l'épiderme, de nouvelles couches blanches, et solides. Lorsque le malade prenait un bain de bras, l'épiderme qui recouvrait ces couches et qui était mortifié, s'enlevait facilement, et l'ongle pouvait détacher la substance calcaire.

M. L., Autrichien (45 ans, temp. sanguin), avait depuis trois ans la goutte podagre aux deux pieds ; à droite, le talon et les doigts étaient le siége de douleurs et de gonflemens ; à gauche, les doigts seulement.

Le traitement n'a pas amené de crises générales, mais les jambes et les pieds se sont couverts d'éruptions qui ont duré trois mois.

M. L. me fait voir les cicatrices encore fraîches. Depuis douze jours il n'est pas venu de nouvelles éruptions et depuis plus d'un mois il ne souffre plus.

On a déjà remarqué probablement que les éruptions disparaissent toujours plus tard que les douleurs.

SEPTIÈME SÉRIE. — *Paralysies.*

M. S., Prussien (temp. lymp. sang., 24 ans), fut pris à l'âge de 12 à 13 ans, et sans cause connue, de faiblesse dans les bras, dans les jambes et dans la colonne vertébrale. Cette faiblesse s'accompagnait de mouvemens continuels dans toutes les parties du corps.

Le malade a usé , pour se guérir, d'un grand nombre de moyens qui tous ont échoué et n'ont pas empêché le mal d'aller croissant. Dans le courant de la huitième année de la maladie, la transpiration, qui déjà était fort diminuée, n'a plus eu lieu du tout; les jambes sont devenues tout-à-fait inhabiles à la locomotion. La paralysie s'est étendue aux nerfs optiques, et le malade n'a plus été dans la possibilité de charmer par la lecture ses loisirs forcés.

Cinq mois de traitement pendant l'été 1839 ont eu pour résultat une amélioration qui s'est maintenue pendant l'hiver. Lorsque je l'ai connu, dans l'été 1840, le malade avait déjà fait deux mois de traitement et le progrès augmentait chaque jour. Il marchait appuyé sur deux bâtons , l'amaurose ou paralysie des yeux était assez diminuée depuis quinze jours, pour lui permettre de lire, ce qui n'était pas un petit soulagement à ses infirmités.

Les éruptions et les furoncles n'ont pas cessé depuis le commencement du traitement , mais ils ne sont pas nombreux, sans doute à cause de la faiblesse du malade.

Bien que dans cette observation la guérison ne soit pas complète , j'ai pensé que les améliorations importantes déjà obtenues me permettaient de la rapporter.

M. B., Allemand (28 ans, temp. lymp. sanguin), avait, comme le général dont j'ai donné l'observation, une paralysie du bras droit. Cette affection qui avait commencé vers l'âge de 14 ou 15 ans, empêchait le malade d'écrire, mais ne mettait aucun obstacle aux autres mouvemens du bras et de la main. M. B. ne peut donner de cause déterminée à cette infirmité, mais il pense qu'elle est survenue à la suite d'un refroidissement.

Le traitement a été long ; ce n'est qu'au bout de neuf mois que des éruptions se sont montrées sur le bras malade, après avoir couvert presque tout le corps, surtout le dos et les épaules. 20 jours avant l'apparition de ces éruptions sur le bras malade, celui-ci avait commencé à éprouver des douleurs d'abord sourdes et ne durant que quelques momens, puis plus vives et continues. Ces douleurs se sont dissipées peu de temps après l'arrivée des éruptions. Dès ce moment la paralysie a été en diminuant et les mouvemens sont devenus tout-à-fait libres au bout de cinq mois, alors que l'éruption durait encore. Enfin, après quinze mois de traitement, M. B. a été délivré de sa paralysie et de ses éruptions, la guérison a été complète. Depuis cette époque M. B. est secrétaire de Priestnitz. C'est lui qui m'a donné ces détails qui m'ont été confirmés par plusieurs personnes qui l'avaient vu en traitement.

Cette observation est très curieuse et très importante. Si on la rapproche de celle du général, on verra que les phénomènes qui on déjà eu lieu chez celui-ci, sont identiques à ceux qui se sont passés chez M. B...

Chez tous les deux, le traitement fait paraître d'abord des éruptions sur tout le corps; le bras malade seul semble inaccessible à son influence. Ce n'est que longtemps après que ce membre commence par éprouver des douleurs, d'abord peu marquées; qu'il se couvre d'éruptions, et qu'enfin la paralysie disparaît avec la cause qui l'avait amenée.

On voit donc que les résultats du traitement ont donné raison à Priestnitz, lorsqu'il prétendait que la paralysie était occasionnée dans ces deux cas par le dépôt de matières morbides sur le trajet des nerfs malades.

———

J'ai encore plusieurs observations de malades guéris, que je ne puis donner ici parce qu'il me manque des détails nécessaires. Je ne puis pourtant m'empêcher de dire un mot sur les effets du traitement hydropatique contre les pertes séminales et l'impuissance.

Les cas de ce genre sont assez fréquens dans les établissemens hydropathiques; je le tiens de médecins qui les dirigent, mais on sait que ces sortes de maladies ne s'avouent guère. Je puis pourtant en citer un cas.

Le sujet de cette observation, âgé de 25 ans, se trouvait dans un grand délabrement lorsqu'il a commencé le traitement. Chaque nuit dés pertes séminales avaient lieu sans que le malade en éprouvât la moindre sensation. Il était incapable de cohabiter avec une femme. Son moral etait très affecté ; triste, taciturne, il recherchait toujours l'isolement ; son état de maigreur était extrême ; sa figure portait les traces de l'onanisme, qu'il avait dû pousser très loin. J'ai su en effet qu'il avait pris cette funeste habitude étant très jeune, et que malgré qu'il s'en fût corrigé depuis quelque temps, les effets n'en persistaient pas moins.

Au bout de deux mois de traitement, il était changé au moral comme au physique ; il avait un peu plus d'embonpoint ; il ne fuyait plus tant la société, où il commençait à gouter du plaisir.

Ce malade est parti après quatre mois. Sa joie et sa bonne humeur annonçaient les heureux effets du traitement, et je sus qu'il avait tout lieu d'en être satisfait.

Son traitement se bornait à prendre des bains entiers, des bains de siége (deux par jour), et des douches.

———

On trouve encore dans ces établissemens un certain nombre de personnes qui, après une maladie grave, ont eu une convalescence longue et pénible. Nous connaissons assez le traitement pour être convaincus de son efficacité dans ces sortes de cas.

On y voit aussi beaucoup d'enfans et d'adolescens dont l'état chétif et la faiblesse empêchaient le développement. Leur constitution ne tarde pas à s'améliorer sous l'influence tonique du traitement.

CHAPITRE IV.

CONSIDÉRATIONS GÉNÉRALES.

Jetons maintenant un coup d'œil rétrospectif, et récapitulons nos connaissances.

Après avoir analysé séparément les agens du traitement hydropathique, étudié la valeur individuelle de chacun d'eux, expérimenté leur effet sur l'homme sain, nous avons vu ces agens appliqués au traitement de diverses maladies.

Nous avons vu comment en variant la combinaison de ces agens, en appliquant tantôt l'un, tantôt l'autre, on peut obtenir des effets thérapeutiques divers, suivant que les cas le demandent ; tantôt l'exphorèse ou élimination des matières morbides (1), tan-

(1) Les expressions *matières morbides*, ne paraîtront peut-être pas répondre à la sévérité du langage scientifique actuel ; si je m'en suis servi, c'est qu'il n'existe pas d'autres expressions propres à rendre les faits en question. Je ferai à ceux qui me critiqueront là-dessus, les observations suivantes : lorsqu'une personne ayant un cautère ancien vient à supprimer cet exutoire, l'un des organes internes ne tarde pas à s'engouer, ou bien ce sont les muqueuses des poumons, du tube digestif ou des yeux qui deviennent le siége d'une inflammation chronique et d'un écoulement abondant ; ou bien les séreuses sont affectées et il se forme des hydropisies, ou bien encore des abcès se

tôt la dérivation, tantôt la tonicité ou augmentation des forces de l'organisme.

Les observations que j'ai citées nous ont appris : 1° que l'effet exphorétique est employé dans le but de combattre les maladies occasionnées par la présence dans l'organisme de ces matières morbides que les anciens désignaient sous le nom d'*humeurs*. Telles sont les observations que j'ai données de syphilis, de dartres, de douleurs internes occasionnées par la disparition de dartres ou de sueurs habituelles, d'obésité, de diverses paralysies, de maladies du foie, de rhumatismes et de goutte.

2° Que l'effet dérivatif est employé soit pour pré-

forment dans divers organes. Le meilleur moyen pour remédier ou obvier à de pareils accidens n'est-il pas de rouvrir le cautère. Les mêmes phénomènes morbides ne suivent-ils pas la suppression d'un exanthème ou d'une sueur habituelle? Or, qu'est-ce donc que la sueur, sinon une excrétion normale? Les exanthèmes et les cautères sont-ils autre chose qu'un moyen de provoquer une excrétion anormale ou supplémentaire? (nous sommes déjà loin du temps où un exanthème n'était qu'une simple inflammation de la peau) ; et ces excrétions normales ou anormales n'ont-elles pas la fonction de chasser du corps des substances inutiles et par conséquent nuisibles à l'organisme?

Et ces substances, jusqu'à ce que la science puisse caractériser leur nature d'une manière plus précise, je les appellerai *matières* ; et je les qualifierai de *morbides*, puisqu'elles produisent des maladies lorsqu'elles ne sont pas éliminées; et je le ferai jusqu'au moment où les critiques auront trouvé mieux.

venir les congestions sanguines vers un organe, soit pour attirer le sang vers des parties frappées d'atonie. Tels sont les cas que j'ai cités de congestions cérébrales, d'atonie du tube digestif, et d'impuissance des organes génitaux.

3°. Que l'effet tonique est provoqué concurremment avec l'effet exphorétique, afin que les grandes sueurs ne débilitent pas l'organisme ; qu'il est provoqué isolément dans toutes les maladies de faiblesse générale ou partielle de l'organisme ; par exemple dans les cas de débilitation à la suite d'excès, de convalescence après des maladies graves, d'accroissement lent et difficile, etc.

4°. Que ces divers effets sont souvent appelés à se prêter un mutuel secours pour atteindre le but desiré, la guérison ; et que c'est à les associer, à les combiner, que consiste la méthode hydropathique. Ces observations nous ont appris enfin que l'un des plus grands avantages de cette méthode consiste en cela que, le malade au lieu d'être privé d'alimens pendant son traitement, peut manger autant que les forces de son estomac le lui permettent.

Après cette récapitulation synthétique résumant nos expérimentations, nos recherches et nos observations, il nous sera permis d'entrer dans le champ des raisonnemens ; ceux-ci ne sont jamais si légitimes que lorsqu'ils sont appuyés sur les faits, et les faits ne nous manquent pas.

Nous allons donc poser quelques questions que

nous résoudrons *toujours en nous appuyant sur l'observation*.

LA MÉTHODE HYDROPATIQUE MÉRITE-T-ELLE DE LA CONFIANCE COMME TRAITEMENT DES MALADIES?

Pour les personnes qui sont allées sur les lieux, malades, médecins ou curieux, cette question sera très facile à résoudre ; mais en sera-t-il de même pour celles qui ne connaissent que ce qu'elles ont ouï dire, ou bien ce qu'elles en ont lu dans les quelques brochures qui ont été publiées en français par des étrangers. C'est pour celles-là que j'écris. Je dois donc entrer dans quelques considérations.

Je laisse à part pour le moment les preuves que je pourrais tirer de mes observations, des nombreuses relations de guérison publiées par les malades eux-mêmes, des ouvrages publiés par les médecins allemands, des cinquante établissemens fondés en Allemagne et dans d'autres pays, des quatre mille malades qui fréquentent chaque année ces établissemens (Grœfenberg en comptait à lui seul douze cents dans l'année 1840), enfin des encouragemens que plusieurs gouvernemens n'ont pas craint de donner à la propagation de ce traitement dans leurs états (1). Je ne veux tirer ces preuves que des points d'analogie et de con-

(1) Le gouvernement autrichien après avoir envoyé à Grœfemberg le comté de Turkeim, conseiller aulique et médecin distingué, a mis cet établissement au nombre des bains privilégiés de ses états.

Le roi de Bavière a envoyé sur le même lieu le comte de

nexion qui existent entre cette méthode et la science thérapeutique qu'on enseigne dans nos écoles.

Que faisons-nous quand nous avons à traiter une syphilis constitutionnelle? Nous employons en même temps les spécifiques et les diaphorétiques; ceux-ci nous restent seuls lorsque les premiers ont échoué.

Que faisons-nous contre les dartres? Nous employons les dépuratifs. Et pour obvier aux dangers de la rétrocession d'un exanthème, de la disparition d'une sueur habituelle? Dans l'un et l'autre cas, nous employons divers moyens pour rappeler à la peau les humeurs qui se porteraient et s'accumuleraient sur quelque organe important.

Quelle est notre meilleure arme contre les rhumatismes et la goutte? Les sudorifiques. Les autres moyens tels que les antiphlogistiques, les dérivatifs, etc., ne sont que des moyens accessoires.

Il est évident que dans le traitement de ces diverses maladies notre but est de chasser de l'organisme des élémens morbides dont la présence anormale est dangereuse. Je nommerai tous les moyens que la science thérapeutique nous offre pour atteindre ce but, agens *exphorétiques* ou *éliminateurs*.

Or, quel est celui de ces agens qui jouit de cette

Rechberg accompagné du professeur Artel; et sur leur rapport il a donné une de ses propriétés pour établir le traitement.

Le duc de Saxe-Gotha a donné pour la même destination un charmant château, jadis le séjour favori de Gœthe.

puissance exphorétique au même degré que le traitement hydropatique.

Nous l'avons étudié à l'œuvre ; nous l'avons vu
produisant, lorsque besoin s'y trouvait, des éruptions nombreuses au bout de douze ou quinze jours,
sans compter les sueurs quotidiennes. Nous avons
vu dans un cas ses effets comparés à ceux des bains
de vapeur. Soixante bains de vapeur restent sans résultats visibles ; huit jours de traitement hydropathique produisent des éruptions, et deux mois et demi
amènent la guérison complète.

Certes, dans un moment de danger imminent,
comme lors d'une attaque violente de goutte au
cœur, aux poumons ou au cerveau, mieux vaudrait
employer les synapismes, les vésicatoires dont l'action dérivative est plus prompte. Il en serait de
même lors d'une métastase subite de l'humeur exan-
thémateuse sur l'un des organes nommés. Mais lorsque le cas n'est pas pressant, lorsqu'on a du temps
devant soi, la méthode hydropathique est préférable
à toute autre, son action est soutenue, énergique,
mais point irritante, comme celle des purgatifs et
des vésicatoires, qui sont les deux meilleurs moyens
exphorétiques de notre thérapeutique. Elle rend aux
malades la force et l'énergie, ce qui est le contraire
pour ces deux derniers agens.

Nous avons vu une observation dans laquelle la
cachexie syphilitique avait occasionné l'ulcération
des poumons et l'inflammation chronique de la mu-

queuse du nez. Quinze jours de traitement ont suffi pour faire disparaître la toux et les crachats sanguinoleus , et pour porter à la peau le principe morbide.

Quelles indications thérapeutiques avons-nous à remplir lors d'une congestion sanguine vers un organe ?

— Lorsque la congestion est tellement considérable, qu'elle menace d'entraîner la mort sur-le-champ, il n'y a pas de doute alors, il faut pratiquer la saignée sans s'occuper de la cause déterminante : *c'est le levier qu'on enlève à la puissance.* Mais si la congestion sanguine est chronique , si elle ne dépend pas de la pléthore, mais d'un déplacement du fluide sanguin qui se porte vers un organe au détriment d'un ou de plusieurs autres qu'il abandonne , nous avons alors deux indications à remplir : il faut repousser de l'organe congestionné le sang qui s'y porte en trop grande quantité, le rappeler vers les parties où il n'est pas assez abondant. Les moyens que nous offre la science thérapeutique, pour obtenir ces deux effets, sont le froid sur l'organe congestionné pour le premier, les dérivatifs de tout genre pour le second.

Eh bien ! par la méthode hydropathique on remplit aussi ces deux indications. La seule différence consiste en cela que c'est le froid qui est chargé de produire ces deux effets ; il chasse le sang par son action primitive; il l'appelle et l'attire par son action secondaire ou consécutive. On en a vu des exemples dans les observations de congestions cérébrales, par cause d'atonie de l'estomac et par suite de froid aux pieds. J'observerai que pour combattre le froid continu des pieds, provoquant des congestions à la tête, on emploie généralement les bains d'eau chaude simples ou synapisés. Il n'est pas un malade qui, après avoir fait usage de ces bains, ne se soit aperçu que bientôt, non-seulement leur effet n'était que momentané, mais encore qu'ils éprouvaient plus de froid après en être sorti qu'ils n'en avaient auparavant. C'est que les bains chauds souvent répétés affaiblissent la peau , et la laissent sans force et sans énergie pour résister au froid extérieur. Il n'est pas besoin de dire qu'il ne peut pas en être ainsi des bains froids, dont l'action secondaire attire fortement le sang, et rend ainsi la chaleur et la force.

Quand aux maladies qui ne sont autre chose qu'une atonie ou faiblesse générale de l'organisme, quelle que soit leur cause, il n'y a qu'une indication à remplir : relever les forces abattues, rendre à l'organisme son énergie par une nourriture saine et substantielle, par l'exercice. L'hydropathie offre, de plus, l'action éminemment tonique de l'eau froide, soit en bains, soit en douches, en lotions, etc. Je crois que dans ce cas les aspersions dont j'ai fait l'épreuve sur moi, comme il a été dit dans le chapitre II, seraient d'un emploi très avantageux, si je juge d'après les effets que j'en ai moi-même éprouvés.

Il résulte, de ce que nous avons dit, que la méthode n'est point empyrique, puisqu'elle est basée sur les principes les plus généraux et les mieux établis de notre science thérapeutique.

Les agens dont on fait usage dans cette méthode sont connus depuis le commencement des temps ; ils ont toujours été employés en médecine ; ils le sont encore aujourd'hui ; l'association, la combinaison de ces agens, voilà ce qui est nouveau, ce dont l'histoire de la médecine ne parle pas.

Je réponds donc à la question que j'ai posée : OUI, LA MÉTHODE HYDROPATHIQUE MÉRITE CONFIANCE : L'EXPÉRIENCE ET LA THÉORIE S'UNISSENT POUR LE PROUVER.

QUELLES SONT LES BORNES DE LA CONFIANCE QU'ON DOIT AVOIR EN CETTE MÉTHODE ? PEUT-ELLE ÊTRE EMPLOYÉE EXCLUSIVEMENT A TOUT AUTRE MOYEN THÉRAPEUTIQUE ?

J'ai déjà résolu la seconde partie de cette question ; j'ai démontré combien il était absurde pour un médecin d'émettre, en faveur de cette méthode, comme en faveur d'une méthode thérapeutique quelconque, une prétention si erronée. De tous les médecins allemands que j'ai vu appliquant la méthode, aucun n'a exprimé une pareille opinion ; et parmi ceux que je n'ai pas connus, je doute qu'il y en ait un seul qui la partage.

Non, la méthode hydropathique ne peut pas composer à elle seule toute notre thérapeuthique ; elle

ne peut pas non plus donner naissance à une nouvelle ère médicale, parce qu'elle n'apporte aucun
changement à nos principes et à nos théories générales. Mais c'est une nouvelle acquisition qui vient
augmenter les richesses de notre art. C'est un agent
nouveau qui vient s'ajouter aux agens déjà nombreux que la science offre au médecin. C'est un moyen
de guérison puissant, énergique, et dont l'application doit être d'autant plus étendue, qu'en variant
le mode de cette application on peut, comme je l'ai
démontré, obtenir des effets différens, suivant les besoins des malades. En un mot, c'est un progrès ;
d'où qu'il vienne, acceptons-le, ce n'est certes pas le
premier qui ait eu sa source en dehors de la science.

Quand aux bornes de la confiance que mérite
cette méthode, deux choses l'indiquent : 1° la nature
de la maladie; 2° le degré de la maladie, relative-
ment aux forces du malade.

Nous avons dit que toute maladie ne pouvait pas
être guérie par cette méthode : c'est un fait que l'on
pourrait certifier à priori sans risquer de se compro-
mettre, alors même que l'expérience ne l'aurait pas
déjà démontré. J'ai parlé de quelques maladies que
Priestnitz refuse de traiter; mais on sait que pour
juger une maladie il ne faut pas tenir compte seulement des phénomènes apparens, il faut encore en
chercher la cause. Nous en avons un exemple dans
l'observation où Priestnitz guérit, sans le savoir, une
maladie de poitrine qu'il aurait certainement refusé

de traiter s'il en avait connu l'existence, parce qu'il partage avec le public cette erreur si souvent fatale que toute maladie de poitrine doit entraîner la mort du malade.

Je ne puis donc pas faire une classification exacte et précise des maladies susceptibles de guérir par cette méthode, une autre de celles qui ne peuvent être guéries que par elle. Tout ce que je puis affirmer, c'est que les maladies que j'ai vu guérir peuvent être guéries encore, si elles se présentent de nouveau avec les mêmes conditions. J'ai donné dans mes observations des échantillons de ces cas pathologiques.

Quelle que soit la nature d'une maladie, il faut, pour la traiter avec succès par la méthode hydropathique comme par tout autre, il faut, dis-je, que le malade ait encore assez de forces, et que le mal n'ait pas tout-à-fait vaincu la vie.

LA CONFIANCE EN CETTE MÉTHODE DOIT-ELLE ÊTRE BORNÉE A SON APPLICATION DANS LE TRAITEMENT DES MALADIES CHRONIQUES; NE POURRAIT-ON PAS COMBATTRE AUSSI PAR CE MOYEN CERTAINES MALADIES AIGUES?

Mes observations me permettent encore de répondre à cette question.

J'ai déjà raconté la manière dont Priestnitz combat avec succès la fièvre quelquefois très forte qui complique les accès de goutte ou de rhumatisme, et qui accompagne quelquefois les crises provoquées par le traitement; nous allons le voir traitant la fièvre scarlatine.

A l'époque ou j'étais à Grœfemberg, un enfant de 7 à 8 ans, qui s'y trouvait avec ses parens, fut pris d'une forte fièvre. Priestnitz, appelé, pronostica la scarlatine qui, du reste, s'était déjà montrée depuis peu chez quelques individus du pays. Voici le traitement qu'il a ordonné : on a enveloppé l'enfant dans un drap mouillé et exprimé, puis dans des couvertures de laine, on a placé des fomentations froides sur la tête. Le drap, réchauffé par la chaleur du corps, a été renouvelé tant que la fièvre a duré. Lorsqu'elle a été calmée, c'est-à-dire au bout d'une heure et quart, on l'a laissé suer dans son drap pendant une heure, après quoi on l'a lavé une minute ou deux dans l'eau à 12°.

Le lendemain l'exanthème a paru ; comme il n'était pas accompagné d'une forte fièvre, on s'est contenté de faire suer le petit malade pendant un heure ; quand la sueur a été bien établie, il a bu de l'eau fraîche, et on a ouvert les croisées pour donner de l'air au malade, ensuite on l'a lavé dans l'eau tempérée.

Ces mêmes moyens ont été employés les jours suivans, et le quatrième jour la desquamation avait déjà lieu. L'éruption a été très générale.

Au bout de dix jours la guérison était complète, l'enfant courait les champs et mangeait de bon appétit. Cinq jours après, une douzaine de boutons sont survenus sur différentes parties du corps, et ont duré quelques jours sans que l'enfant en fut incommodé et cessât de sortir ; il a sué encore quelque temps, puis il a repris son genre de vie habituel.

Vers la même époque, la sœur aînée de cet enfant a été aussi atteinte de scarlatine, quoiqu'elle l'eut eue déjà. Les symptômes se sont montrés moins violens : elle a été traitée et guérie de la même manière.

Ces observations méritent quelques réflexions.

Tout médecin remarquera d'abord la rationalité du traitement. La première indication dans toute maladie éruptive, est de calmer la violence de la fièvre qui empêche la marche régulière de la maladie. Cet effet a été obtenu par les draps mouillés, dont nous connaissons l'efficacité dans pareil cas.

La seconde indication est de favoriser l'exphorèse ou la sortie des matières morbides, l'éruption. C'est ce que nous faisons dans notre thérapeutique classique, au moyen de couvertures épaisses et de boissons chaudes diaphorétiques, qui, étant aussi excitantes, favorisent les éruptions sur les muqueuses. On sait qu'en effet les maladies éruptives se compliquent souvent d'angines ou de diarrhées quelquefois funestes. Dans le procédé de Grœfemberg, ce danger n'existe pas. L'exphorèse des matières morbides, l'éruption est dirigée vers la peau, mais seulement par des moyens extérieurs; en même, temps l'eau fraîche bue souvent et en petite quantité rafraîchit les membranes muqueuses du pharynx et des intestins, empêche l'économie de s'épuiser par une sueur abondante, et favorise même cette sueur.

Le procédé hydropathique offre encore un avantage sur notre thérapeutique ordinaire.

Pendant toute la durée de l'éruption, le malade doit être bien couvert dans son lit; sa chambre doit être bien close, de crainte que le contact de l'air froid n'arrête subitement la sueur. Il en résulte, outre l'affaiblissement du malade par son séjour dans une atmosphère viciée, il en résulte, dis-je, que ce malade reste pendant longtemps extrêmement impressionable à l'air, qu'il est obligé de prendre les plus grandes précautions pour éviter tout changement brusque de température, et que le défaut de ces précautions amène cette foule d'accidens contre lesquels nos soins restent si souvent infructueux.

L'usage des bains froids après la sueur abondante à laquelle le malade est soumis tous les matins et deux fois par jour, si le cas l'exige, cet usage rend à la peau affaiblie sa force et sa tonicité, et met le malade à l'abri de tout danger.

Il arrive encore trop souvent après les maladies éruptives que la sortie des matières morbides n'ayant pas été complète, ce qui en reste dans le corps se dépose sur quelque organe important. De là les hydropisies, les maladies des yeux, du cerveau, et surtout les affections de poitrine qui surviennent si communément, alors qu'on a cru le malade guéri; de là, la nécessité d'employer pendant quelque temps encore les vésicatoires et les purgatifs. Je me rap-

pelle en avoir fait la triste expérience sur moi-
même.

Dans le traitement hydropatique , en continuant,
pendant quelque temps, l'usage quotidien des sueurs,
on prévient facilement tous ces accidens. Qui sait si,
chez l'enfant dont j'ai donné l'observation, les matières morbides, sorties par les boutons, ne seraient
pas restées dans l'organisme et n'auraient pas pris
une direction vicieuse.

Il n'est pas de praticien , qui , en lisant ceci , ne
tombe d'accord sur la supériorité de ce nouveau
mode de traitement des maladies éruptives. Pour moi,
toutes les fois que je pourrai, je n'en emploierai pas
d'autres.

Je répondrai donc à ma dernière question :

Cette méthode peut être heureusement employée
contre certaines maladies aigues , les fièvres exan-
thémateuses surtout, l'expérience et la théorie le prouvent, mais je crois son application difficile, sinon impossible, contre un grand nombre d'entre elles (1).

(1) Ne puis-je pas étendre, au moyen de l'analogie, l'application de cette méthode au traitement d'autres maladies que celles dont j'ai vu et cité des cas de guérison?
N'est-ce pas par l'analogie que nous sommes le plus souvent conduits à l'application de tout moyen thérapeutique?
Je puis donc sortir un moment de mon cadre pour faire
une simple réflexion.

Les savantes analyses du sang publiées par MM. Donné,
Andral et autres, nous ont appris que l'existence de certaines maladies locales est accompagnée de la présence dans

Cette méthode renferme encore un avantage que nous pouvons déjà prévoir, mais dont les résultats ne se feront sentir qu'à la longue. Je veux parler de la modification et de l'amélioration de l'hygiène publique.

Nulle part peut-être autant qu'en France, la vie n'a été portée à un aussi haut degré de mollesse et de sensualité. Nous ne nous décidons à faire une chose, quelque importante qu'elle puisse être pour notre santé qu'autant qu'elle n'exige pas que nous sortions de nos habitudes efféminées. Il n'y a pas encore longtemps, nous ne pouvions supporter la seule idée de l'eau froide ; mais depuis environ dix ans de véritables progrès ont été faits, grâce surtout aux médecins de Paris,

le sang de globules étrangers à sa composition normale.

Lors, par exemple, qu'un organe quelconque est le siége d'une suppuration, le microscope démontre la présence dans le sang des globules du pus. Les globules cancéreux se retrouvent dans ce liquide lors d'affections cancéreuses anciennes. N'est-il pas facile d'expliquer comment après l'amputation d'une partie qui était le siége, soit d'un abcès, soit d'un cancer, l'abcès ou le cancer se reproduisent si souvent sur un autre organe, et ne devrait-on pas tout faire pour purger le sang de la présence de ces globules, afin de les empêcher de se déposer et s'accumuler sur un point pour y reproduire le mal.

Je pense donc qu'après les opérations que nécessitent ces sortes de maladies, il serait important de faire subir au malade le traitement hydropathique afin de prévenir une rechute. De nombreuses éruptions annonçaient certainement la sortie de ces matières morbides.

J'abandonne ces réflexions au jugement de mes confrères.

7

l'usage des bains froids, pendant l'été, est devenu de mode, particulièrement dans les hautes classes. Si nous joignons à cela les exercices gymnastiques, auxquels se livre la jeunesse, nous aurons déjà une importante amélioration de notre hygiène ; eh bien ! cette amélioration va s'étendre encore par l'usage du traitement hydropathique.

Tous les malades que j'ai vus dans les établissemens hydropathiques étaient tellement convaincus de l'heureuse influence des bains froids sur la santé, que pas un d'eux ne partait sans manifester l'intention d'en continuer chez lui l'usage quotidien.

J'ai vu dans ces établissemens des familles entières, dont un seul membre était malade, et suivait tout le traitement ; tous les autres, même les plus petits enfans, faisaient usage de l'eau froide chaque jour à leur lever, et tous se louaient des progrès rapides de leur santé.

Il est donc à desirer qu'une si heureuse coutume se propage et se généralise en France comme en Allemagne et dans les pays du nord.

CONCLUSIONS GÉNÉRALES.

Je crois pouvoir rigoureusement conclure de l'ensemble de ce travail que :

1° Le traitement hydropathique est une méthode thérapeutique complexe, dont les effets ne sont obtenus qu'au moyen de l'association et de la combinaison de plusieurs agents ;

2° L'efficacité de ce traitement est prouvé par les observations que j'ai faites moi-même et que j'ai citées; par les relations nombreuses de guérisons publiées par les personnes guéries; par l'existence d'environ cinquante établissemens où l'on traite par cette méthode, et dans lesquels se rendent annuellement près de quatre mille malades; par les encouragemens donnés par plusieurs gouvernemens allemands à la formation dans leurs états de pareils établissemens, après avoir eu le soin d'envoyer à Grœfenberg des médecins instruits pour y étudier le traitement;

3° Cette efficacité est prouvée non seulement par les faits, mais encore par la théorie; la méthode est donc *rationnelle*.

4° Cette méthode est une nouvelle acquisition qui vient s'ajouter aux agens déjà nombreux dont se compose la science thérapeutique, mais qui n'en exclut aucun.

5° Cette méthode peut être employée avec succès contre un grand nombre de maladies chroniques; et seulement contre quelques maladies aiguës.

6° L'usage de cette méthode doit avoir une heureuse influence sur l'hygiène publique.

Nota. — Je m'étais proposé d'abord de discuter ici les conclusions adoptées par l'Académie, au sujet de l'hydropathie sur des Mémoires offerts par deux médecins allemands; mais plusieurs académiciens m'ayant fait observer que l'Académie, lorsqu'elle est saisie de faits trop éloignés pour qu'elle puisse les reconnaître directement, ne pouvant les apprécier que d'après la manière dont ces faits lui sont présentés, ses conclusions sont plutôt le résultat de l'impression produite par le travail présenté, que le résultat des faits mêmes, je m'abstiens pour le moment, et d'autant plus volontiers, que j'espère que ce Mémoire modifiera les convictions de l'Académie.

NOTICE

SUR LE TRAITEMENT HYDROPATHIQUE EN ALLEMAGNE

Ce mode de traitement, bien que n'ayant pas une origine bien ancienne, ne jouit pas moins d'une grande vogue en Allemagne et dans les pays voisins. On compte aujourd'hui dans les divers états d'Allemagne, dans la Suisse, la Belgique, la Pologne, etc., plus de cinquante établissemens où ce traitement est suivi par près de quatre mille malades. Grœfemberg, petit hameau de la Silésie autrichienne, et qui est le premier établissement de ce genre créé par Priestnitz, l'inventeur de la méthode, en comptait à lui seul 1,200 dans l'année 1840.

Mais comment Priestnitz, simple paysan, a-t-il pu et su créer une nouvelle méthode de traitement, lui qui n'avait jamais fréquenté les écoles de médecine? Voici ce que j'ai pu savoir de plus positif.

Priestnitz, fils d'un aubergiste, a exercé d'abord l'art vétérinaire; ayant eu plusieurs côtes fracturées

à la suite d'un accident, les médecins appelés lui dé-
clarèrent qu'il resterait infirme toute sa vie. Ne voulant pas subir un pareil sort, Priestnitz trouva des
ressources dans son génie, s'appuyant sur un meuble
solidement fixé, il rétablit ses côtes dans leur état
normal au moyen de grandes inspirations. Puis,
profitant pour lui-même de ses connaissances dans
l'art vétérinaire, il fit usage de l'eau froide pour calmer la fièvre et prévenir les accidens consécutifs aux
fractures. Ces divers procédés lui réussirent complètement. Il n'en fallut pas davantage pour engager
ses amis et connaissances à se confier à ses soins lorsqu'ils se trouvaient eux-mêmes dans des cas analo-
gues au sien.

L'auberge de son père étant très fréquentée, les
voyageurs qui s'y trouvèrent malades n'appelèrent
point d'autre médecin, et par leur moyen la réputation de Priestnitz s'étendit au loin.

Si Priestnitz n'avait eu que les facultés que l'on
trouve chez le commun des hommes, il aurait bien
pu, comme les médicastres et guérisseurs si com-
muns dans les pays de montagnes, se faire dans sa
localité et aux environs une réputation momentanée;
mais jamais sa méthode de traitement n'aurait pris
une extension si grande; jamais elle n'aurait eu la
sanction des médecins.

Dans le principe, les médecins du pays, jaloux
d'une renommée qui croissait si vite, l'appelèrent
devant les tribunaux, l'accusant d'exercice illégal de

la médecine. Les tribunaux le renvoyèrent de la plainte parce qu'ils pensèrent que conseiller à un malade la sueur, l'eau froide et l'exercice n'était point pratiquer la médecine. Depuis, les gouvernemens d'Autriche, de Bavière, de Saxe-Gotha ont envoyé des médecins sur les lieux pour étudier le traitement. Tous les rapports de ces médecins ont dû être favorables, puisque l'Autriche a mis Grœfemberg au nombre des bains privilégiés de l'empire, puisque le roi de Bavière et le duc de Saxe-Gotha ont aidé à la fondation d'établissemens pareils en donnant pour cette destination chacun une propriété lui appartenant en propre, et en mettant à leur tête des médecins spéciaux. La connaissance de ces faits et surtout celle de deux personnes guéries, l'une de la goutte, l'autre de rhumatismes après des souffrances de plusieurs années, me déterminèrent à faire un voyage en Allemagne pour étudier moi-même ce traitement, et m'assurer s'il ne serait point avantageux pour la France de posséder des établissemens semblables. Ayant informé de mon projet M. le ministre du commerce, qui a dans ces attributions les établissemens sanitaires, il m'engagea beaucoup à accomplir mon projet, et me demanda de lui faire à mon retour un rapport sur le résultat de mes recherches et de mes observations (1) ; en même temps il

(1) Ce mémoire n'est que la reproduction des matières contenues dans le rapport que j'ai eu l'honneur de présenter à M. le ministre.

voulut bien demander à **M.** le ministre des affaires
étrangères de me recommander auprès des gouvernemens des pays où mes recherches pour-
raient me conduire. (1).

A Grœfemberg les malades sont logés, les uns dans
une grande maison appartenant à Priestnitz, les autres dans les maisons des paysans où il s'en faut qu'on
puisse se procurer le confortable de la vie. D'autres
malades sont logés dans une petite ville nommée Freywaldau qui est au bas de la montagne sur laquelle
Grœfemberg est située. Les paysans donnent eux-
mêmes leurs soins aux malades logés chez eux, mais
ne les nourissent pas. Priestnitz a fait construire
dans sa maison une vaste salle pouvant contenir cinq
cent couverts, c'est là que prennent leurs repas les
malades qui logent chez lui et ceux qui habitent les
maisons environnantes ; ceux qui logent à Freywaldau étant trop éloignés pour se rendre à Grœfemberg
prennent leurs repas chez eux ou bien au restaurant.
Priestnitz se lève à quatre heures et commence la
visite de ses malades, du moins de ceux qu'il sait avoir
besoin de lui, car comment voir dans un jour huit
ou neuf cents malades. Après avoir visité d'abord
ceux qui logent chez lui il va chez ceux qui sont logés aux environs, puis il monte à cheval et descend
à Freywaldau. A midi il se trouve à dîner occupant
le haut bout de l'une des tables qui tiennent toute la
longueur de la salle. Après le dîner, il donne une

heure de consultation , ensuite il recommence ses visites jusqu'au soir.

Lorsqu'un malade arrive à Grœfemberg, ce qu'il ne doit faire qu'après avoir écrit préalablement à Priestnitz en lui détaillant sa maladie, celui-ci le fait mettre dans un demi bain froid, puis avec la main il jette un peu d'eau sur les diverses parties du corps surtout sur celles qui sont malades, afin de voir par l'impression que l'eau produit sur elles, quel est leur état de force ou de faiblesse. Ce n'est qu'après cet examen qu'il ordonne le traitement.

A Grœfemberg les cuves dans lesquelles les malades prennent les bains froids n'ont que deux pieds et demi ou trois pieds d'eau. J'ai vu d'autres établissemens où elles en ont trois et demi ou quatre, ce qui vaut mieux, car le baigneur peut se plonger tout entier dans l'eau sans s'asseoir, et faire des mouvemens tout à son aise, ce qui n'est pas inutile.

Dans les autres établissemens on a copié Grœfemberg plus ou moins fidèlement, les uns consistent dans un grand bâtiment où tous les malades sont réunis ; dans d'autres, quelques malades seulement occupent la maison du médecin , tandis que les autres sont logés dans les maisons voisines. Enfin dans certaines villes comme à Breslau les malades font le traitement chez eux et les médecins vont les y visiter chaque jour. On conçoit aisément que ce dernier mode est le moins avantageux, l'air que l'on respire dans une grande ville n'est jamais aussi pur qu'à la campagne, on ne peut pas y faire aussi facilement de l'exercice ni un régime bien suivi. Je ne le conseillerai qu'aux personnes auxquelles des occupations importantes ne permettraient pas de s'éloigner de leur domicile.

TABLE DES MATIÈRES.

—◦◦◦◦—

FIN DE LA TABLE.

Imprimerie de P. Baudouin, rue des Boucheries-S.-G. 38.